寻找巴金

坂井洋史 著

四川文艺出版社

图书在版编目（CIP）数据

寻找巴金 /（日）坂井洋史著. — 成都：四川文艺
出版社, 2019.1
ISBN 978-7-5411-4980-1

Ⅰ. ①寻… Ⅱ. ①坂… Ⅲ. ①巴金（1904—2005）—
文学研究—文集 Ⅳ. ①I206.7-53

中国版本图书馆CIP数据核字（2018）第240174号

XUNZHAO BAJIN

寻找巴金

坂井洋史 著

策　　划	周立民　陈　武
责任编辑	燕啸波
责任校对	汪　平
装帧设计	孙豫苏
责任印制	唐　茵

出版发行　四川文艺出版社（成都市槐树街2号）

网　　址　www.scwys.com

电　　话　028-86259285（发行部）　028-86259303（编辑部）

传　　真　028-86259306

邮购地址　成都市槐树街2号四川文艺出版社邮购部　610031

印　　刷　天津兴湘印务有限公司

成品尺寸　130mm×205mm　1/32

印　　张　6　　　　　　　　字　　数　110千

版　　次　2019年1月第一版　　印　　次　2019年1月第一次印刷

书　　号　ISBN 978-7-5411-4980-1

定　　价　28.00元

目 录

动摇的虚实／叙事，或者"文学性"的源泉①

——在沙多－吉里 Château-Thierry 思考的事

思考的前提

我们"研究巴金"、研究"被公认为学术研究的一个对象／领域的（巴金）"，这到底是什么样的行为？其意义何在？面对如此发问，我猜想，今天大多数文学研究者会觉得它太幼稚、不值一顾，不承认其有认真思考的必要。不，与其说不承认，更不如说从来没有考虑过这种问题。其实，对于这种"幼稚"的问题，能够回答出明

---

① 本篇以"第十一届巴金学术研讨会"（2014 年 11 月 22 至 23 日）的提交论文为基础，对此补充两次而成。2014 年 12 月 27 日补充版刊载于巴金故居、巴金研究会《点滴》2016 年第 2 期（2016 年 5 月）上。后来，读了《点滴》版的贺宏亮先生为文补充拙文之不足，因此本书版本追加了一条"补注"，注明贺先生的贡献。

确答案的"研究者"究竟有几何？大凡所谓学术研究孜孜追求的终极目标不外是以下几项：丰富的材料、缜密的思维、犀利的分析、新颖的结论。看来学术研究也走在线性进化论的轨道上：今天的学术研究应该胜于昨天，明天的研究更要胜于今天，后来者一定要居上，超越前人而实现非我莫属的创新性。这本来是无可厚非的原则，我也深表同意。然而一味追求"进化"之余，如果对于上述"幼稚"的问题回答不出令人信服的答案，或者避而不谈，那么如此"进化"是否是真正意义上的学术研究之"进化"，我还是未免有点怀疑。因为"幼稚"的直觉或感性的预感往往会通向事物的最本质层面，在这个意义上，"幼稚"的摒弃也许导致对于"本质"的漠视。

对于某一个作家的生涯和思想、某一部作品文本的审美价值、作家走过来的时代和社会及其文化背景等等进行"研究"，偶有新的发现或观点，就写成论文刊于学术刊物上。经过长年的辛苦经营，有了一定的积累后就撰写一部有分量的专著公之于众。有时研究者集于一堂而交流各自的成果，互相切磋学问……如此"研究"的"形式"已成为不容置疑的学术常识而体制化，是今天学界中人士习以为常的"规矩"。但如此"学术研究"原来是现代国家的意识形态机器此一框架内进行的制度化"研究"，与 19 世纪以来现代化的工程密不可分。由于其本质上的前提 / 局限，它无法超越现代国家意识形态，也无法将现代性的"价值"和国家的存在相对化。就是说，如此学术研究是有保留的意识形态运作，而它的完善，就为国家制度的进一步完善服务。

据近年来初步观察和思考，我逐渐形成了一个极为朴素的判断：在今天所谓"文学研究"中（或者说，在研究者有关"研究"的观念中），"文学"和"非文学"纠缠在一起，起到某种融合／互相渗透的作用；何谓"文学"本身？使"文学"成为"文学"的根据或属性为何物？以一言蔽之，"文学性"是什么？等等本质性问题，似乎未被予以深入的思考而搁置在一边，动辄被说成"幼稚"或者"过时"。当下大部分"文学研究"无条件地接受既定的制度化框架和形式，对于上述本质性问题不闻不问，一味追求"研究"的精密化。结果，文学文本竟然变为"资料"，往往成为其他学科诸如历史学、社会学甚至经济学等"掠取""侵占"的对象，而文学研究作为一门独立的学科却愈趋贫瘠。关于这一点，我们一想起所谓新历史主义批评所持观点和方法论就不难理解。在它的视域中，"文学"再也不是什么神秘的存在，而是某一个时代某种类型的社会下层建筑产生出来的生产物（products），也是流通在市场上被交易的商品。经过如此一番物化，文学就成为历史学、社会学和经济学等可以肆意分析的对象了。想到"分析"一词的原义（即"分开"而"剖析"），我觉得这个事体实在意味深长：文学经过"非文学"的"分"和"析"竟被七零八散地片断化，丧失其整体性。相对于此，我希望能够在"非文学"终于不能掠取、侵占的要素当中看出只有文学才具备的某种"质"来。这个"质"，换句话说，是文学性的根据和源泉，也是"非文学"代替不了的，文学研究要追求的最终目标。

关于"非文学"，我想在此顺便补充一下。说到"非文学"，尤其在特定的历史、社会语境中，我们很容易联想到所谓政治意识形态。所谓"政治与文学"此一命题是指：文学有文学固有的追求和目标，是一个自律自足的存在；政治是非人性的机器或机制，永远屹立在文学的对立面而否定文学的自律性和自足性，强制文学服从于政治宣传，以强权高压的手段扼杀文学……谁也不能否认，作为历史上的事实，如此情况曾经确实发生过。的确，"政治"与"文学"之间的差异很大，两者各自都有无法替换各自的独特表现和作用。但是，作为人类思维的能动力量之高度/集中表现，政治与文学的分野是否真的那么截然不相容？我未免怀疑。且不问政治能否成为审美鉴赏的对象，今天我们不是基本上一致承认构造"文学"的种种话语本身是权力的表象，而话语的建构、散布、普及以至固定的所有过程都离不开广义的"政治"（politics）吗？至少，如果我们一直囿于"政治与文学"式古典二元对立思维模式，那么对于"文学"的界定和理解也就跳不出"文学是以审美为主要属性的、具有独立价值的语言艺术"一类教科书式通俗共识。①

　　鉴于此一缺憾，我在此思考使文学成为文学的根据或文学性的源泉之际，想换一个角度，引进另外一组概念，即可视性（visibility）／不可视性（invisibility）。

――――――――――

　　①　关于这个问题，我曾经在《武田泰淳·主体性·公共空间》（谭仁岸译。《现代中文学刊》2013 年第 5 卷第 6 期，2013 年 12 月）中说及 21 世纪初所谓"竹内好热"的部分探讨过。该文中我注目于 20 世纪 80 年代受过高等教育而形成知识结构的一代知识分子思维模式中存在着的"缺席／盲视"及其克服的过程，指出过：

　　……在 80 年代"一边倒"的文化状况中，他们的知识结构中本来就存在着空白，而体验了"90 年代的反讽"之后，他们渐渐开始意识到这种空白乃是悖论性地制约自己的要素……从而把其视为"政治的'缺席／盲视'"，把其重新焦点化，做出了试图克服的努力……／这种认识转换，当然也反映在他们的文学观上。例如，对"政治"与"文学"的关系不再采取一方压迫或隶属另一方的形式，而是有机统一起来（70 年代以前是前者压迫后者，80 年代是后者规避对前者的从属。但两者都依据着"政治"与"文学"这两种价值相互"矛盾对立"、绝对无法调和的"二元对立／选择"的思维方式），不再像 80 年代那样把文学特权化，但依然认为文学是现实批判的有力手段，试图重新赋予其生命力……在这种新文学观的摸索过程中，竹内好在中国知识分子的"政治回归"主题的支持下，迅速受到了巨大的关注。因为，竹内好描绘的存在主义式的鲁迅，恰是主动拥抱虚无，以现实世界中绝望的"挣扎"为媒介，辩证统一了"政治（革命）"与"文学（启蒙）"这对（一般被认为是）无法相容的绝对矛盾。在我看来，以上便大致是"竹内热潮"发生的原因。

　　发表该文之前，我还在《忏悔与越界——中国现代文学史研究》（复旦大学出版社，2011 年 3 月）第一章《关于 1990 年代中国文化批评——"现代论"和文学史研究的设想》中也作过同样的观察和分析。

文学作品，尤其是小说文本原来是一个场域，是一个无奇不有的大千世界，而我们读者从中读取许多丰富的东西来。读者本来享有这个权利。换句话说，我们把埋藏在文本内部的种种因素发掘／暴露出来，即把它"可视化"而认识、理解、欣赏、评估它。但是，如此发掘和暴露之余，在文学作品中依然存留着毕竟不能完全可视化的不可视性因素，诸如现实的作家、附于文本的标签即"著者"的署名、文本中的主人公，或是小说的叙述主体之间的认同关系、小说在情节和故事中有所反映和试图再现的现实世界的真实性问题、原因和结果之间的逻辑、非逻辑关系等等。要之，是"虚实"的不确定性问题。虽然读者有自由解读文本的权利，但是偏偏缺乏最后确定虚实的权利。对于他们来说，虚实的真相究竟是不可视的。

无法确定虚实的边界性因素，当然不能成为历史学、社会学等"非文学"学科的研究对象，因为这些学科仅仅研究被公认为确实存在的可视性东西。与此迥然不同，文学研究的范围更为广阔，其研究对象是包括不可视性因素都在内的整体，即世界的万象。我认为，不将这一点放在思考之中心位置的所谓"文学研究"，虽然自以为取向于学术研究的精密化和科学化而为此一目标做出贡献，实际上，在作为现代国家意识形态机器的"学术研究"格局中，也势必被迫放逐到边缘地带而愈趋丧失本该拥有的功能和作用。

关于为容《Château–Thierry 通信》

那么，如上所说虚实、真实性、文本中的现实之反映和再现等研究主题，亦即可以从可视性、不可视性概念切入的研究主题在巴金研究领域中能否成立？可以成立的话，应该如何进行思考、展开研究？以下我想提出小小的例案，作为思考的一个开端。

2014 年早春我有机会访问巴金曾经留学的法国，趁此难得的机会，专程到巴金逗留一年多的巴黎东部小城沙多 – 吉里 Château–Thierry（以下简称"沙城"），浏览市容，也去参观巴金曾经念过书的拉·封丹公学 College Jean de la Fontaine 等地方[1]。当时我手里持着当导游书看的，不是巴金以留法期间的见闻为主要材料而撰写的短篇小说集《复仇》所收诸篇[2] 或记录 1979 年春天再访沙城时活动和感受的《随想录》中一篇《沙多–吉里》[3]，而

---

[1] 本文中沙城的图片除了图 7 外均系笔者 2014 年 3 月 9 日所摄。

[2] 《复仇》，新中国书局 1931 年 8 月初版。现收在《巴金全集》第 9 卷（人民文学出版社，1989 年）。集中诸篇如《洛伯尔先生》《丁香花下》《墓园》《父与女》《狮子》《老年》等均以沙城为舞台。

[3] 《沙多–吉里》，最初连载于 1979 年 7 月 25、26 日香港《大公报·大公园》，后收《随想录》第一集（三联书店香港分店，1979 年 12 月，人民文学出版社，1980 年 6 月），后收《巴金全集》第 16 卷（1991 年）。

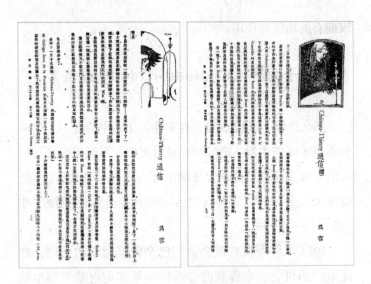

图 1 为容《Château-Thierry 通信》刊影

是一个叫"为容"的人物写的中篇小说《Château-Thierry
通信》（原连载于《东方杂志》第 25 卷第 13、14 号。
1928 年 7 月）。

我觉得很奇怪，百思不解，这篇小说似乎在巴金研
究界中一直没有受到充分的重视。虽然 Château-Thierry
这个地名对一般的读者来说是陌生的，但是在研究巴金
的"行内人"的眼中，它不同凡响，散发出另外一种光
芒。而且这篇小说的发表载体不是什么不起眼的小刊物，
而是《东方杂志》，在 1920 年代末中国文化界算是屈指
可数的权威性刊物，今天也很容易看到。但据我管见，
哪怕是研究这篇小说的专题文章，连说及"为容"和巴

金之间关系的也似乎没有出现过。

作者"为容"何许人？如果相信小说所记都属实或在相当的程度上忠实地反映"事实"（自然这里就来了一个极为棘手的上述"虚实"问题，但是暂且不管它），小说中第一人称的叙述主体即主人公姓"赵"，那么作者姓名就是"赵为容"了（再说，文本采用第一人称叙述，而在篇中一个地方"我"叫自己为"为容"，与作为文本的 paratext 的作者署名一致）。小说采用书信体体裁，全文就是写给"武大"的老同学"鲁星"的"书信"；还有一处，"我"把房东比拟为"我们海州北门街开杂货店的张老头儿"，那么"赵为容"是海州人吗？文本之外的信息更缺乏，寥寥无几。后来有一同姓同名人物撰写过两出独幕"教育戏剧"，还编过一本《民众图书馆设施法》①，除此之外，我至今没有抓到任何线索②。

小说中关于沙城种种情况诸如地理、地形和地名的描述极其具体且详细，除非身临其境的人绝对写不出来。作者来/住过沙城，这是毋庸置疑的。至于主人公"我

---

① 两出独幕剧是《爱力》和《船上一童子》。均为"教育戏剧小丛书"版，1934 年 9 月由山东省立民众教育馆刊行。《民众图书馆设施法》，1932 年由山东省立民众教育馆出版部刊行。

② （2016 年 7 月补注）贺宏亮《关于"为容"和"鲁星"的考证》（《点滴》2016 年第 4 期，2016 年 8 月）是篇关于"为容"其人其事极其周到的考据，应为目前关于为容（赵波隐，1901—1969）的最详细的介绍，可参看。

（为容）"来到沙城之前的经历，小说中借主人公的口有所说明：

> 她又问："你到法国几年了？"我说："刚刚十三个月。"她又问："未到此地以前你在那儿？"我说："从马赛到蒙伯里野（Montpellier），最初两个月在 The berlitz 学文法，马逸谷（M.Manièval）律师替我改作文，更结识了一些住在 Villa Florida 的农业学堂的校外生。九个月后便到了巴黎。在巴黎没做什么正经事，无非是听戏，跳舞，下咖啡馆。为避去这嚣杂的生活，才到 Château-Thierry 来。"

再看小说的开头部分，有一段说明：

> 去年十一月十五我到 Château-Thierry 来，听说这儿有个公学名 College Jean de la Fontaine 的，每月只须缴一百九十佛郎，因为我的钱借给朋友回国去了，我便想借此权当做个便宜的客栈。

"十一月十五"是 1927 年 11 月 15 日。小说末尾记有日期：一九二八，一月，十二日。如此就可以知道，小说记的是 1927 年 11 月中旬至 1928 年 1 月中旬短短两月的事情。巴金于 1927 年夏天离开巴黎闹市移到沙城，一直住到翌年 8 月下旬。我们可以知道这篇小说的故事是巴金在沙城的期间展开的。

今天我们都知道巴金在拉·封丹公学念书期间有过两位好友，一为桂丹华（安徽桐城人，1901—1958），一为詹剑峰（江西婺源人，1902—1982）。《Château-Thierry 通信》中出现有姓无名的四个中国留学生（均为配角）：章君、桂君、李君和刘君。"桂"在中国似为生僻姓，小说中的"桂君"有可能以桂丹华其人为模特儿。至于"李君"是否巴金（李尧棠），那就不能臆断。

图 2　1928 年巴金在 College Jean de la Fontaine（拉·封丹公学）

图 3　1928 年巴金、桂丹华、詹剑锋在沙城（左起）

图 4　拉·封丹公学旧址（现让·拉辛公学 College Jean Racine）

《Château-Thierry 通信》的具体内容如何？其情节和故事相当单纯，简直没有什么复杂的文本结构或惊心动魄的故事可言：

——"我"到了沙城后，先住进拉·封丹公学宿舍，但由于环境的恶劣而生病，因此决意在外面租房走读。后来他和朋友"安徽章君"合租位于苏也松路 84 号（84, Avenue de Soissons）的舒适房间。房东有一甥女，叫 Lucienne Rifflard，是二十一岁的漂亮姑娘。她性格开放，与男人交往也肆无忌惮，对待"我"很亲密。"我"以为 Lucienne 对自己很在意，可以做异域情人，处处表示爱慕之情，献殷勤。事与愿违，Lucienne 已有亲密男友，而且不久竟然跟他订婚，致使"我"失恋伤心。与

"我"同居的章君，来法不久，法文还不熟练，课外还要找一个教师补习法文。经房东太太介绍，Tasserit 夫人成了他的法文教师。后来学法文的地方移到公园路 14 号（14, Rue du Parc）Tasserit 夫人家里。有一天"我"到她家里，见到 Tasserit 夫人女儿鹤乃 Rénee。她是个很漂亮的姑娘，现年十六岁。章君极力怂恿"我"向鹤乃"进攻"，娶她为妻。他们决定让 Tasserit 夫人家包饭，以为借此可以常见鹤乃。鹤乃家境贫寒，Tasserit 夫人又是再婚，继父对待鹤乃相当冷淡。经过一段时间的交往，鹤乃对"我"的态度却没有多大的改变，一直保持不即不离的关系。"我"以为是鹤乃年龄还轻、不谙性爱为何物的缘故，其实不然。她早就有个情人，而她和她母亲之所以对于"我"保持不即不离的态度，因为"我"解囊慷慨，是她们一家的重要经济支柱。知道真相后，"我"决定离开沙城，没想到结算房费膳费等花费时 Lucienne 和 Tasserit 夫人索费昂贵非常。原来她们认为奇货可居，以美貌的女人为诱饵，尽量向不算特别富裕的留学生敲竹杠。"我"彻底幻灭，伤心回到巴黎，将沙城两月情感生活的始末写给国内的老同学。

　　老实说，这篇小说无论如何也不能算上乘之作。从小说的描述看来，"我"这个人物无异乎一个轻薄的猎色家，他的种种作为除了伺机拈花惹草外没有任何必然且切实的动机能够使读者谅解。也有可能作者故意用夸张的笔调刻意丑化"我",以批评登徒子之不道德。但是,我觉得贯串整篇的基调还是自我怜悯或自我肯定,如此"好意"的解释似乎很难成立。

我之所以对这篇小说感兴趣,如上已述,因为小说中充满着沙城的具体信息,通过它多少可以想象、了解巴金留学当时的沙城。我在沙城参照小说的记载实地考察,竟发现了这些记载基本上都正确。我不敢妄断苏也松路 84 号现存的房子是否八十多年以前的老房子,但它确实处在陡坡中途,将这个地段如小说的说明那样叫为"山上的小楼"也不为过。如果说 Rifflard 家是小康之家,那么小说的另外一个重要舞台——公园路 14 号 Tasserit 夫人家却不同,很狭窄,"厨房兼饭厅兼客堂","没处挂

图 5 从"古堡"上俯瞰的沙城市中心

图 6　苏也松路 84 号　　　　图 7　公园路 14 号
（84，Avenue de Soissons）　（14，Rue du Parc）

大衣"。现在该地址上有典型的工人阶层居住的古老公寓，这一点也与小说的描写吻合；有一次"我"在市中心玛伦河上一座桥上遇到鹤乃，"穿过大街，从 Jean de la Fontaine 老先生家门前走过，绕到古堡后面"，将她送到家里，这一条路线也很正确。

　　总之，《Château-Thierry 通信》是一篇很忠实地反映沙城的实际情况，但除此之外似乎一无可取之处的凡庸作品。如果有人出于要再现沙城的"现实"面貌或要了解 1920 年代末留法中国学生的生活状况之一斑的这般动机而去翻看这篇小说，或许不无收获吧。但是，如此阅读不外是前面已述"非文学"性阅读，是对于文学文本的掠取和侵占。为容这位作家有可能认为如此笔法会增强小说的真实性、可信性甚至诉求读者的魅力，因而有意动员大量的琐碎能指。但是，不管作者的主观意图如何，从文本上体现出来的实际效应来看，如此笔法与

"文学性"的丰满表现背道而驰，却去迎合"非文学"的奸计，结果竟违背当初"这个主题一定要采取文学手法而写成小说"的初衷，主动放弃文学的自律性和存在理由。

再现乎？表现乎？

想到这里，就来了一个问题：为容写进小说中的信息之"真实性"，除了作者以外，还有谁能判断、保证？小说传达的信息究竟到底是事实还是虚构？绝大多数的读者，岂止沙城，连巴黎都没有去过。那么，小说中那么细致具体的地址地理之记载会不会唤起读者的印象、帮助他们理解？答案是不言而喻的。如果作者以"事实的再现""实感的传递"为目标才采取如此笔法，我不能不说这个苦心毕竟是浪费的。

其实，真相不明的陌生作家与多数无名读者在（通过多样的渠道而散布、流通的）文本上偶然邂逅，暂且缔结契约关系，这本来是现代文学成立的前提条件。在如此虚拟的交流关系中，文本所提示的能指到底属实还是虚构本来不成其为问题的，因为他们之间只存在着极为简单的游戏规则＝"姑妄听之"而已。而《Château-Thierry 通信》的作者竟无视这个契约，拿出大量的"信息"，企图用"事实的力量"来粗暴否认读者解读文本的自由和权利。这篇小说之所以缺乏吸引读者的魅力，其原因或许由于此也未可知。

那么，巴金以沙城为舞台的小说如何？为了强化小说的"真实性"而依靠大量的能指，这种笔法是巴金所不取的。因此他的小说不能成为"导游书"。但是通过《复仇》所收几篇小说，我们还是可以深刻地领会到这座古老的小城市里也居然充满着被命运摆弄的人们演出的种种悲剧及其悲哀。

> 一九一九年的春天虽然给世界带来了和平，但是过去的战争依旧像梦魇一样地压住全法国人的心。在玛伦河岸上一个小城里，那许多满身创伤的断井颓垣还在向人诉说它们悲惨的遭遇。战争虽然结束，人们还在痛定思痛地回想战争的情况。城南新开辟了一所公墓来埋葬远渡重洋战死的美国青年；还有许多人失掉了儿子，妇人失掉了丈夫，少女失掉了情人。失去了的幸福是找不回来的了，在这个充满废墟的小城里，一九一九年的春天给人们带来的只是悲痛的回忆。

这是《丁香花下》①的开头部分。中世纪以来沙城这座玛伦河畔要冲战火不断，常常成为兵家必争之地，战

---

① 《丁香花下》最初发表于《现代文学》第1卷第5期（1930年11月16日）。

祸深重。巴金来到此地的 20 世纪 20 年代，一战激烈战斗的记忆犹新，创伤还未痊愈，悲伤的氛围应该仍然浓密地笼罩着全城。后来他写《丁香花下》时，为了突出这个悲伤的氛围，将故事展开的时间设定在大战刚结束不久的 1919 年。可知这座"充满废墟的小城"给年轻易感的巴金留下了深刻的印象，而战争及其对于人性的无情摧残正位于其印象的焦点。但是巴金并没有把有关战祸的具体信息诸如哪一年在哪里有过激战、造成伤亡人数多少等等"数据"写进小说中。对于事实的记录他似乎不屑一顾。我认为他追求的并不是作为事实的战争及其后遗症之如实"再现"，而是事实的背后隐藏着的"人类共有的悲哀"[1]之"表现"。

图 8　一战后变成瓦砾堆的沙城街容（1918 年明信片）

---

[1] 《复仇》序。

图 9 一战、二战美军纪念碑

　　只看到肉眼能看到的东西，而尽以这些可视性东西"再现"现实的为容；与此不同，将自己的视线射向被表层的能指覆盖着的不可视性东西，并给它以审美的"表现"的巴金……到底孰优孰劣？至少，在沙城的"文学性"描述方面，我觉得还是巴金略胜一筹。巴金刚踏上文学创作的漫长道路之际，竟能选择"表现"一途，且不问他写出来的作品之成熟度如何，这还是值得注意的。

　　如果有一个历史学家要编写一部沙城的地方志或战争史，他不会从巴金的小说中获得有益的信息，反而有可能从《Château-Thierry 通信》取出一些"有用"的东西来。但是，从"文学性"的角度来看，历史学家由于其作为史料的无价值而丢弃的"垃圾"中，或许包含着另外一种价值，而这种价值往往是不可视的。透视它、把它挖掘出来、给予适当的审美表现，就是只有文学才能担当的工作。觉悟到这一点，所谓"文学性"才有可能被把捉住……我在春天沙城漫步之余，以《Château-Thierry 通信》为切入口，漫无边际地思考了这些与明媚的阳光和牧歌式的风景有点不协调的问题。

2014 年 12 月 27 日补写而成

2016 年 7 月 18 日再补

围绕巴金的重新评价

——何谓"文学性阅读"？[①]

像今天这样的盛会，坐在这个位子上，到底要讲些什么内容、什么样的话题才适合于如此场面，我依然有些琢磨不定。后来经过一番考虑，决定把"何谓文学研究？何谓文学性？"这个宏观的问题和研究巴金及其文学的时候如何切入这个比较具体的问题结合起来，谈谈在中国现代文学研究面临转机和挑战、需要一个很大的转变和自我调整的今天语境下，我们应该如何面对巴金和他的文学这个问题。这当然是一个很大的本质性问题。很遗憾，因为今天有时间限制，所以一律省略具体的论证和材料的提示，只好做一次比较粗略的报告。这一点，

---

① 本篇为"巴金与日本以及关于日中学术交流研讨会"（2016 年 9 月 5 日于日本东京庆应义塾大学文学部召开）上做报告时讲稿。会上的使用语言是日文，本篇是译文，最初刊载于《点滴》2016 年第 2 期。

我想先声明一下。

我不知道今天的中国是否还在讲"鲁郭茅巴老曹"，但是过去确实有过这样的叫法。这是把中国现代文学史上的六位"文豪"并列起来加以表扬的"排行榜"。说到"文豪"这个称号，在日本的话，似乎可以说夏目漱石、森鸥外或芥川龙之介这些作家受之无愧：无人不知其名、大家都熟悉形象、学校的课本也采用其作品，甚至其肖像会被用于钱币或邮票，但是其作品不一定拥有大量的认真读者……"文豪"大概是这样一个"伟人"吧。不用说，一个文学家的评价应该取决于他的作品，而文学家自己也应该抱有如此观念，对此深信不疑。虽然没人知道他有什么作品，也没人仔细读过他的作品，但是知名度颇高……对于文学家来说，这无疑是悲剧性的事体。

在"鲁郭茅巴老曹"这些"文豪"中，暂且不说"鲁郭茅老曹"五位如何，至少巴金实际上没有逃脱掉如此"悲剧"。至少在中国本土，肯定巴金的人无条件地歌颂巴金，对巴金持有否定态度的人似乎认为巴金在"文化大革命"结束后享受的崇高声望、社会地位和待遇是不正当的，进而被某种破坏偶像的热情驱使，对他加以彻底的攻击。但是巴金的"作品"呢？与毁誉褒贬不一的"热闹"景象构成对比，似乎没有受到充分的重视。就是说，由我来看，这两种立场都不见得细致周到地对待巴金的文学和作品。这样的倾向进入 21 世纪以来，尤其在巴金逝世后越来越明显了。

举具体的例子。巴金晚年的纪念碑性业绩《随想录》，我觉得如此引起争论、毁誉参半的文本在巴金的大量作品中找不到第二部。但是统观这些评论就不难看出，不管其立场是肯定还是否定，他们共享一个文学观念和评价的态度：他们把文学作品看作现实的直线性反映，从作品中肆意取出可视性的、有利于强化己见的信息，对此加以评价。

虽然《随想录》被限于时代和社会的开放度以及作者所占社会地位，不得不采用韬晦的语言策略，但是比较全面地反映了"文化大革命"结束后的思想状况和社会状况，可称为 20 世纪 80 年代思想解放运动的百科全书。《随想录》依据自己切身的创伤性记忆和深刻的体验而控诉"文革"的非人性，是一部真挚的反思之书。《随想录》标志着一个忠实于自我良心而经历过动荡时代的知识分子如何完成其人格的纪念碑……肯定《随想录》的论调大致如此。

与此构成明显的反差，否定《随想录》的论调大概如下：究竟到底，《随想录》只不过是个人伤感的"随便感想"的大杂烩而已，未能触及"文革"那样史无前例的人寰惨剧之所以发生的真正原因。"讲真话"这样的口号太单纯太幼稚，谁都可以讲出，《随想录》里面找不到知识分子本该具备的思想深度。《随想录》缺乏理论性抽象度，文笔太拙劣，认为一个人一忏悔就能免罪，根据这样想法，无法防止"文革"噩梦的再现，作者应该提示指向更好未来的展望和方略……

我认为，这些评价，不管它是肯定的还是否定的，都在不同程度上正确地触及《随想录》的本质，至少不算彻底的误读。但是，如此理解巴金和《随想录》的阅读态度，也就是说，一定要把文学作品置于现实的支配下、让它隶属于现实的阅读态度，我认为这实在是非文学性态度，如此态度会使文学本来含有的可能性和魅力变贫瘠。使用稍微严厉的口气说，如此不允许文学保留不可视性领域、把一切精神活动还原为可视性要素而把如此已经可视化的要素作为肯定或否定的对象的态度，令人想起《随想录》所批评的"文革"时期集中表现出来的高度意识形态化的话语逻辑。在这个意义上，似乎可以说，它甚至会跟"文革"当中呈现出来的野蛮、非人性、暴力等同列在一线脉络上，暗地里缔结某种同谋关系。

文学研究作为现代民族国家意识形态机器的有机部分之一 = 学术研究，为要在现代社会中占到一席之地，努力尽量使自己的方法论精密化。这种"精密的研究"，恰如所谓新批评（new criticism）那样，往往无视作者的意图，抹杀作者的存在，或者把读者的情感性反应，诸如感动、认同、拒绝和嫌弃等都排斥在研究视野之外，甚至如形式主义批评那样，居然把意义从文本中剥离开来，统统舍去文本中的不可视性神秘要素，也就是说，在以"可视化"为前提的极为有限的方法论上实现了"研究的精密化"。如此"精密的研究"，在当今的现代文学研究领域中，相当的程度上与"事实资料的发掘和丰富化"亦即"实证研究"同义。

但是，这种以事实的发掘和再现为宗旨的所谓"精密的文学研究"，在运用更为巧妙且精密的方法论的学术研究如历史学等面前，实在"小巫见大巫"，其"精密"大为逊色。我认为，发掘过去的事实，以此为据而再现作家的人生道路，或者从文学作品中随便拾取可以说明过去事实的"材料"，以再现社会或历史，也就是说，把不可视的、被隐蔽的事实可视化这种工作，最好还是让历史学或社会学去担当好了。

近年来有一种观点认为，只要同时承认历史叙述的故事性（文学性）与故事、文学的历史性，就可以取消历史学和文学之间的非对称关系，两者会被统一起来。这种观点似乎拥有一定的影响力，但是我觉得如此观点还是有点可疑的。

要求这种"对称关系的承认"的研究态度，乍看之下，似乎重视客观性并更进一步忠实于"真实"的追求，而且确实产生了不少新鲜的研究成果。但是，我不能不觉得这种态度却把文学研究中可视性和事实的现实感之优越性固定化，使文学隶属于文学外部的庞杂现实，企图把文学作品本来包含着的丰富性全部还原为可视性要素。在这种研究态度和切入下，文学作品仅仅是可以提供有用于论者自己之观点的信息来源，也就是说，侵占和掠取的对象而已。

话说得过于抽象了。其实，我只是说很简单朴素的道理——"文学应该把它作为文学而加以研究"而已。那么，"文学应该把它作为文学而加以研究"到底是什么样的态度呢？承受前面讲的内容而言，那就是，对于所有可视化和"事实的掠取"完毕后依然存留下来的终于不能可视化的因素进行对象化，而对这些不可视的因素加以考察的态度。

原来，文学之所以是文学，就依靠应该称作"文学性"的固有性质。我认为，这个"文学性"与不可视的，也不能可视化的以下三方面因素密不可分：第一，文本的语言结构及其编码；第二，叙述主体与文本缔结的关系；第三，读者的阅读与文本之间的关系。谁都会承认这些要素确实属于文学作品，但是也得承认这些都未被语言化、缺乏明确的界说。

好不容易才触及今天我想讲述的话题上了。总之，思考这些问题，尤其是思考刚才所提文学性的源泉之第二要素的时候，我认为巴金这个作家会成为恰好的研究对象。

还是以《随想录》为例思考这个问题吧。恰如今天坐在我旁边的周立民先生早已指出过那样，《随想录》中有关"噩梦"的反复描述，虽然采用平淡而且隐晦的笔致，但是意外地传达出强有力的主张，给读者留下深刻印象。不用说，这些噩梦之所以产生的原因是"文革"中作者身受的残酷迫害的体验及其记忆。

我们仔细地想一想就可以知道，叙述噩梦这种行为，从叙述的主体与最终作为文本被物化的作品之间的关系如何，从这个角度来看，是非常复杂的行为，耐人深思。所谓复杂的行为之具体内容，大概是这样的：作者在执笔以前的构思阶段开始回顾过去，从中选择应该或可以叙述的事实，用语言表达出来，然后对于已经被语言化的、用语言文字叙写出来的记忆反复进行文字上的推敲，以至定稿。这些文字被印出来以后，就开始校正工作，对照稿子和校样，从头开始仔细检查，必要的时候还要调整修正，最后把这篇文章收进单行本的时候，再次进行校正、调整、修正、删节……

每次处理这些工作的时候，巴金得直面"噩梦"、得反刍"噩梦"。一想象就可以理解，这是非常痛苦的"苦刑"。巴金最初构思的阶段应该早就知道，既然要叙写噩梦，那么这种反复的痛苦是不可避免的。翻开如此充满苦痛的《随想录》的读者，该如何阅读呢？因为往返于过去和现在、把过去的苦痛和现在的苦痛混合在一起而一并承受在身的作者之存在，也就是说，隐身在文本背后而顽强抵抗忘却的作者之存在究竟是不可视的，所以读者不容易觉察到它。无视这样隐蔽微妙的叙述主体的存在，仅仅掠取可视性事实的企图，我认为，至少对于《随想录》的丰满阅读没有益处，也无意义。

再说，在文本和读者阅读的关系方面，《随想录》颇有特色。恰如周立民先生所指出的那样，《随想录》具有特异的"现实感"的两重结构：一为"被语言化的文字传达的现实感"，一为"话者即叙述主体的姿态本身以及他的叙述传达的现实感"。阅读聚焦点的不同就会导致不同的读后印象。如果读者把自己的眼光射向前者"被语言化的文字传达的现实感"上面，那么他会强化、再生产并"感受"各自有关"文革"的个人化记忆；如果读者注目于后者"话者即叙述主体的姿态本身以及他的叙述传达的现实感"，那么他会被迫"理解"跳跃时空的间隔而随时重现在眼前的噩梦等于"文革"。

对于一定年龄以上的中国人来说，"文革"是极为沉重的话题。借用周立民先生的话来讲，是不能对象化也不能抽象化的、个别的、多样化的话题。正因为如此，不仅仅是《随想录》，阅读以"文革"为主题的作品的读者之期待的水平由于"文革经验"之多样而多样，会扩散开来。虽然如此，阅读本身总体上共享一个向度，即各自记忆的再确认和各自感受到的"重量"之自我肯定。但是,恰如刚才所讲那样,因为《随想录》文本本来具有两重结构,所以虽然读者依据各自的期待而翻开文本,但是他的阅读一开始就会被文本的两重性播弄起来,而其阅读的聚焦点也动摇。我一直认为《随想录》是一部让读者和作者缔结某种紧张关系的相当特殊的"场域",但是过去的《随想录》研究和批评中,如此解读和分析很少,几乎都找不到。

为什么出现如此偏向呢?我认为,这是因为过去《随想录》的阅读过于看重文本中事实的再现度如何,过于看重"被语言化的文字传达的现实感"如何,结果被这种观念牢牢约束着的缘故。

譬如"巴金与无政府主义"这个已经成为"古典"的主题,我认为,从"文学性阅读"这个角度探讨这个问题的余地还不少。今天的报告时间有限,没有充足的时间展开这个话题,所以简略地说及一下。

巴金这个现实的存在如何接受并信奉无政府主义这个思想,如何参与以无政府主义为指导原理的实际社会运动,这些"事实"的研究方面确实还留着有不少空白点要继续考察并填补。但是,如果这个研究的最后目标仅仅止于事实的再现的话,那么恰如前面已经谈到那样,这并不是文学研究的主要任务。因为文学研究要想象并思考在所有"事实"完全被可视化的终极状态中依然存留着的"问题"。

原来无政府主义是不可捉摸的思想。无政府主义的语言化、使用语言的对象化极其困难。而且，即使有一个人说是信奉无政府主义，但是"信仰"这个东西就存于人的内心中，是无法从外面窥见到的不可视要素。那么，即使尽量博搜现实中存在着的可视性材料，把这些"资料""证据"拼凑起来，也终于无法到达人的内心的深处。

爱读巴金作品的热心读者一定知道，巴金从年轻时代起就非常反感别人从外部界定他。因为他认为内心的真实是不可视的、自己的真实只有自己才知道，所以有这样的反应也在情理之中。

譬如《爱情三部曲》那样的作品往往引导读者去"猜谜"：作品中人物的模特儿是谁？作品中的故事是反映何时何处发生的何种事件？巴金的思想到底假托在哪一个人物的身上？……其实，如果想接触到被内密性遮蔽的巴金内心的"真实"，这种猜谜式的阅读方法还是有局限的，达不到目的。与此不同，我却认为，宁可以情节或故事等构成文本的要素或虚构的机制等属于叙述主体的"真实"为线索，假定认为"叙述的真实"扎根于作者内心的深处、通向作者"内心的真实"，从此切入而进行考察才算有效。我相信，只有如此，巴金及其文学的包括研究也在内所谓"文学性阅读"才可能。

近年来，民国时期的各种文献被数码化，以数据库的形式在互联网上公开于世，不仅是专家学者，一般读者也很容易可以看到过去比较珍贵的版本。这个变化确实有力地推动了中国现代文学研究的进展。实际上，这个变化迫使以往的研究尤其是文学史研究大幅度变更其研究方法和形式以及基本框架，甚至会导致对过去研究的全盘否定，确是一场颠覆性的变化。像我这样一直鸟瞰属于不同的年代、地域和群体的复数的作家和文本，企图从中看出某种"意义"的国外研究者面临如此巨大的变化，感慨颇深，让我重新获得有关文学史的大量信息、重新构筑文学史框架，是非常艰难的，说途穷日暮、几近绝望也不为过。

话虽如此，但是能够了解以前无法明了的情况，总是一件令人兴奋的事。关于巴金，也通过这样的渠道，根据以前不容易阅览的文字资料，或许会有一些新的发现。

最近我在一家数码文献资料的数据库上找到了一本书，是张煌《种子》（桂林文学编译社，1942年10月初版。1944年重印时改名为《狱中记》）。1937年"七·七"卢沟桥事件后，作者在天津被日本宪兵队拘留，该书描述他被捕的经过以及后来的狱中生活。其中作者居然引

张煌《种子》封面　　　柏克曼原著 / 巴金译
　　　　　　　　　　　　《狱中记》封面

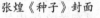

用巴金翻译的亚历山大·柏克曼《狱中记》①，以说明自己的处境。我看到这一段后重新确认巴金原来拥有这样一个读者，而受到巴金启发和影响的青年到底不在少数，觉得很新鲜。

　　在此介绍如此插话，并没有深意。快要结束报告之际，我只想把这段小小的插话和今天谈到的一些问题——巴金作品的文学性阅读和重新评价——联结起来，以确认一个原则。

---

　　① "文化生活丛刊"第四种，文化生活出版社，1935年9月。

就是说，今后有关巴金的种种"新事实"会继续被发掘出来，但是文学研究应该思考这些"事实"全部被发掘出来的状态下究竟给我们启示什么样的"意义"这个问题。"事实"到底能否拥有"意义"，还是取决于阅读、如何阅读文本或者如何理解"人"这些读者的态度。像我刚才介绍那样的小小例子，今后也会被不断的发掘出来。其实，所谓"事实"，在它全部被发掘出来之前（这实际上是不可能的），会永远存在着。那么，我们与其探讨"事实"的内容本身，倒不如对于给"事实"以"意义"的文学性阅读和自己的阅读态度以及如此态度的构筑和锻铸提高自觉心。我想从前面小小的例子汲取了如此教训。我认为，新的"事实"的出现应该是鼓励这种自觉的契机，更应该是令人觉察到对于制度化的学术研究不感到任何疑义、把"像样子"和"成果"追求成为唯一的目标是精神上的一种颓废的"警告"。

近年来，据我管见，巴金小说中现代主义的影响、性别问题、疾病的隐喻等等，从过去未曾有过的新鲜的切入口开始探讨巴金的文本，正面面向作品的文学性阅读和分析逐渐增加起来了。说什么"文豪"，似乎是过去的陈旧遗物，或许给人以已经过时的印象，其实不然。我认为，在巴金的文学中确实潜藏着以往的研究还未充分汲取出来的多样魅力和丰富的问题。

对于巴金和他的作品有着特别的感情，而多年以来断断续续做过一些"研究"的我，衷心希望今天这样聚会能够成为产生新的阅读的契机。

我的报告到此结束，感谢垂听！

"心"的寓言／理想的悖论 ①

——围绕林憾庐《无"心"的悲哀》、王鲁彦《灯》和巴金《我的心》的感想

　　在 2010 年 10 月巴金研究会、上海市普陀区文化局等单位召开的"2010 巴金论坛"上，我作了一场题为《巴金与缪崇群》的报告。之前为此做准备时，我深有感触：我对巴金的人际关系或交友圈几乎一无所知，这或许会严重地限制我对巴金及其文学的看法。出于此一感触，我在会上提出了一个不成熟的观点，说：应该更多重视更多研究巴金的交友圈和人际社会关系，我们也许从中可以看到过去没有看到的、至少没有看清楚的巴金

---

①　本篇根据 2011 年 12 月 1 日至 2 日在上海召开的"第十届巴金学术研讨会：巴金与上海"上作的报告《关于林憾庐〈无"心"的悲哀〉与巴金〈我的心〉》施行一番整理和增补而成。最初刊载于陈思和、李存光主编"巴金研究集刊"卷 8《你是谁》（上海三联书店，2013 年 9 月）。后半部涉及王鲁彦《灯》的部分是当时口头发言未曾说及的增补部分。

之别样面貌。与此同时，我还指出：既然我们不可能完全掌握并知悉别人生活的所有细节（这实际上就与历史叙述的范围和局限问题有关），那么如此本来具有局限的"研究"就不能永远停留在琐碎事实的发掘、考据工作范围内（我认为，虽然这种"文坛掌故"类"研究"也有一定的价值，但它究竟不过是一个基础性工作而已），最终还是应该把它跟"阅读"挂钩起来，让它帮助我们的"阅读"，为崭新的文本阐释服务，使我们的阅读视野更加拓宽。当时我为了编辑《缪崇群文存》的需要，集中阅读了缪崇群的散文作品和一些有关资料。结果，我基本上了解到他的生平，尤其是他的家庭情况。而对于他家庭情况的了解（虽然是极为有限、表面的）给我启示了巴金的短篇小说《父与子》的崭新阅读角度。《巴金与缪崇群》以如此心得为主要内容。至于其具体的分析和"启示"的内容如何，我已据当时的报告内容撰文发表过[①]，在此不赘。

　　在同样的意义上，我认为林憾庐（1892—1943，福建龙溪人。原名林和清，号憾庐，又署林憾）这个人物也颇值得注意。

────────

　　① 《关于巴金与缪崇群的交往—— 一个初步的假设》。该文最初发表于陈思和、李存光主编，"巴金研究集刊"卷7《讲真话》（上海三联书店，2012年8月），后收在坂井《巴金论集》（巴金研究丛书6，复旦大学出版社，2013年7月）。

关于林憾庐,像我们研究巴金的"行内"人无不知道他与巴金的忘年友谊:他和巴金在抗战时期一起从陷落前夕的广州不辞辛劳迁徙至桂林,在桂林缔结深厚的交谊,过从甚密。林是长篇小说《火》第三部的主要角色田惠世的模特儿。他逝世后,巴金写了出自肺腑的悼念文章《纪念憾翁》[①],收在《怀念》[②]中;他是林语堂的三哥等等。但是,关于他的生平,尤其是他青年时代的经历,依然不甚清楚。

林憾庐虽然早年学医,后来也到过南洋行商,但是他终生爱好文艺,尤其是诗词。1929年3月他出过一本诗词集叫《影儿》(上海北新书局刊),收在该集的白话诗、小诗以及一些相当口语化的词和竹枝词,基本上作于20世纪20年代前半的新加坡。

通观《影儿》所收的各首诗后,我不能不下一个较为苛酷的评价:作为诗人,林憾庐似乎缺乏特别的天赋。他的白话诗终于没有脱离五四时期白话诗的窠臼,把这些作品放在新的诗风如象征诗等崭露头角的20世纪30年代诗坛上,未免显得有点陈旧。当然,林憾庐当年写这些诗,将自己的感情付诸诗词体裁,自有其必然动

---

① 该篇最初发表于《宇宙风》第 131 期(1943 年 5 月 25 日)。发表时题为《纪念一个失去的友人》。现收在《巴金全集》第 13 卷(人民文学出版社,1990 年)。

② 1947 年 8 月由开明书店出版,现收在《巴金全集》第 13 卷。

机，而这个动机肯定和他的实际生活经验分不开。很遗憾，关于南洋时代的林憾庐，我完全不清楚，是一片空白，因此对于他诗作的进一步深入评析就不能不受到限制。还有一点，他留下来的文字依然零散见于各种报刊上，至今未被收集起来。就是说，我们目前依然缺乏全面评价他的文学成就和言论之起码条件。这不能不说是一个缺憾。总之，林憾庐其人之所以在巴金研究界中未受到充分的关注不是没有理由的。

在此我仅举林憾庐1924年发表的一首长诗，对此加以极其简单的解释。这首诗叫《无"心"的悲哀》，最初发表于《晨报副镌》1924年第110号（1924年5月17日），发表时署名"林憾"，未被收进《影儿》。鉴于这首作品一定的稀见性，提示全文如下：

　　我斜倚在伊胸怀，/静默的看我的爱。/伊的泪湿透我发，/我泪也倾泻不绝。//凉风轻微的拂着，/月亮淡淡的照着，/徘徊而又徘徊，/悲哀啊，我心，悲哀！//我说："不要爱我啊！/你把我忘记了罢！"/伊的声颤动悲伤："我爱，不！地久天长！"//我不能痛哭了！/这是最后的诀别。/伊静默的抚慰我——/但怎能慰我凄切！//留恋而又留恋，/夜已深心痛而惊醒。//我的胸膈剖开着，/热血喷涌的流着，/利刃划

在我的心——／我因伤痛而呻吟。／／伊像医生
的镇静，／用爱的眼光慰我，／"我把你忧苦悲
伤，／哀怨的心取去啊！／／将你心收我心里，／
让悲哀和我同住！"／伊巧妙的轻轻的／把我的
心肝挖去。

　　在结婚前一晚上／伊跑来我的园里，／抱
我而惨恻悲伤，／恸哭不能停止。／／伊跪下向
我哀求："请把你的心收回！／我自己的伤心尽
够！／不能再受你的悲哀！"／／我是无心的人
了！／不能了解伊的心绪，／不能知道情爱了，／伊
终于哀怨别去！／／我是无心的人了！／没有爱，
也没有恨。／我心也不会痛了！／只有记忆的
伤痕。

　　我浪游——自东至西，／自极南至于极北；／
从天涯至于天涯，／从地角至于地角。／／我笑，
但是不能欢乐；／流泪而不能哀哭；／没有爱和
同情；／生命枯寂而冰冷。／／我不能再忍受／
无爱无情的生活！／终于归来伊面前，／我流泪而
且呜咽。／／伊的眼光暗淡，／面容忧愁而苍老。／
惊异的注视我面，／苦笑的问我："你好？"／／
我倒身在伊怀里，／像婴儿亲近母亲。／我请求
伊："亲爱的！／把心交还我，好人！"／／伊怜
惜的问："爱的！／你不是很安乐么？／你要讨

还你的心，/那是悲伤忧苦啊！"//我亲吻伊说：
"是啊！/人心是忧苦伤悲！/但生命不能无情
哪！/给我情、爱，或是死！"

> 十二，十一，九日。厦门。

如此缠绵悱恻的爱情诗背后很有可能存在着作者本
人的悲剧性经验。但是如前已述，既然我们现在缺乏林
憾庐的生平材料，还是不要对此妄加推测吧。既然因为
材料之不足而不能将现实和文本直线地衔接起来，那么，
我也不得不采取注目于贯串全篇而构造情节之逻辑结构
的阅读方式。

显而易见，这首诗的主题是一对相爱男女的恋爱悲
剧，而这出悲剧围绕"心"的悖论或无奈而展开：他们
虽然深深相爱，但不能结合，因为女人就要跟别的男人
结婚了，男人的心充满着绝望和悲哀，希望女人能够忘
掉他，女人却不答应，竟然把男人的心挖出来，收在自
己的心里；她以为如此又能解除男人的悲哀，又能永远
跟男人在一起，在悲哀的共享上实现绝望的结合。没想
到她承受不起他的悲哀之深，于出嫁的前一晚恳求他收
回他的悲哀的心，但是男人已经是"无心人"，既然已经
失去了心，不能理解女人的痛苦。多年的浪游后，男人
回到女人面前，向她讨还自己的心，他终于觉悟到人心
原是忧苦伤悲，"但生命不能无情"……

在男人看来，"心"是悲哀和痛苦的源泉，虽然如此，他最终还是需要"心"，因为"忧苦悲伤"是人无法拒绝的命运，所以宁肯承受"忧苦悲伤"，也需要"情爱"。原来"心"是如此矛盾、悖论性的东西，换句话说，人的存在本身就是矛盾、悖论性的……《无"心"的悲哀》的主旨大致如此吧。

我读了这首诗后就联想到巴金1929年的散文《我的心》①，因为《我的心》也同样是叙说"心"的悖论亦即人的存在之悖论的文章：因为从父母那里继承正义和爱的源泉的"心"，"我"在沙漠一般的现实世界到处碰壁受伤，所以为了请母亲收回这颗心，就需要母亲的诅咒，但是母亲已经逝世多年，永远无法得到她的"诅咒"，"我"不能不抱着只能给他带来"忧伤悲苦"的"心"活下去……仔细地对照一下，就可以知道《无"心"的悲哀》和《我的心》两者的所谓"悖论"不尽相同，但是有一点即对于"心"的谛观也似的认识却是共同的："心"（可以理解为"思想""理想""感情"等东西的象征），在他们看来，都被认为是不由自主的、恰似命运一样的东西。

其实，以如此不由自主的、命运般的"心"之授受为主题的散文，我们还可以在中国现代文学史上找到其

———
① 该篇最初发表于《平等月刊》第2卷第3期（1929年3月），现收在《巴金全集》第12卷（1989年）。

他例子，那就是王鲁彦的《灯》①。王鲁彦的《灯》不像林憾庐《无"心"的悲哀》，是文学史上被公认为优秀作品，可称为脍炙人口的名篇，似乎用不着介绍。虽说如此，恐怕由于其浓厚的寓言色彩之故，该篇似乎不无费解之处，过去很多解释把它"误读"为母爱之伟大的寓言。其实不然。我们看了林憾庐《无"心"的悲哀》，看了巴金《我的心》之后，就可以知道它的主旨还是"心"的悖论亦即人的存在之悖论。原来，笼罩《灯》全篇的色彩极为黯淡，和《无"心"的悲哀》与《我的心》两篇比较起来，实在有过之而无不及，还是有理由的。

《灯》中的母子关系也是授受"心"的关系。但是"我"已经不要母亲授予他的"心"。他甚至"怨忿"地质问母亲"你不生我不会吗？"还苦求"让我死了罢"。他之所以拒绝母亲授予他的"心"，和巴金《我的心》中的"我"之所以不要父亲通过母亲授予他的"心"，是由于同一个理由：

　　"母亲，为了你的孩子，你将你自己的心萎枯了。然而你分给你孩子的那颗心，在世界上只是受人家的诅咒，不曾受人家的祝福，只能

———————
　　① 该篇最初发表于《东方杂志》第 21 卷第 23 期（1924 年 12 月 10 日），现收在《王鲁彦文集》第 1 卷（人民文学出版社，2009 年 3 月）。

增加你孩子的悲哀，不能增加你孩子的欢乐。
现在，取出来还了你罢，母亲！"

这一段说明着"我"之所以非要把"心"还给母亲
的理由。原来他抱着母亲授予他的一颗"心"来到世界，
但是这颗"心"只能给他带来"诅咒"和"悲哀"。如上
近乎绝望的叫喊及其所依据的逻辑多么像《我的心》中
以下叫喊：

　　……这几年来我怀着这颗心走遍了世界，
走遍了人心的沙漠，所得到的只是痛苦，痛苦
的创痕。正直在哪里？幸福在哪里？和平在哪
里？这一切可怕的景象，哪一天才会看不见？
这一切可怕的声音，哪一天才会听不到？这样
的悲剧，哪一天才不会再演？一切都像箭一般
地射到我的心上。我的心上已经布满了痛苦的
创痕，因此我的心痛得更厉害了。/"我不要
这颗心了。有了它，我不能够闭目为盲；有了
它，我不能够塞耳为聋；有了它，我不能吞炭
为哑；有了它，我不能够在人群的痛苦中找寻
我的幸福；有了它，我不能够和平地生活在这
世界；有了它，我再也不能够生活下去了。妈
妈，请你饶了我吧，这颗心我实在不要，不能

够要了。……"

《灯》中的"我"最后偷偷地划开胸皮将自己血淋淋的"心"挖出来还给母亲，而自己却成为"无心人"。如此他才能够回到人间，重新做"人"。其实，这与其说是恢复斗争意志的积极"再生"，不如说是对于世俗的"投降"（而且这"投降"是瞒着母亲做的）。难怪《灯》被某种无奈的黯淡氛围笼罩着。

巴金似乎特别欣赏这篇《灯》。他在悼念王鲁彦的文章《写给彦兄》[①]中怀着感激的心情提到它：

> ……在中学读书的时候，你的《灯》、你的《狗》感动过我。那种热烈的人道主义的气息，那种对于社会的不义的控诉，震撼了我的年轻的心。我无法否认我当时受到的激励。自然我不能说你给我指引过道路，不过我若说在那路上你曾经扶过我一把，那倒不是夸张的话。我们十三四年的友情就建立在这一点感激上面。

我认为巴金之所以在悼念文章中特别提到《灯》，并不仅仅由于单纯的怀旧，更多的是由于思想上的共鸣。

---

① 该篇最初发表于《文艺杂志》新第1卷第1期（1945年5月），现收在《巴金全集》第13卷。

关于这一点，他在文章快要结束的一段中透露出自己的"理解"来：

> ……永别了，我的亡友，在敌骑践踏的星子岩的土地中，你的睡眠不会是安适的吧。但是我们不久就会回到你身边来的。那时我要在你墓前背诵《灯》里面求母亲收回那颗爱人类的心的哭诉，《狗》里面那些漠视弟兄痛苦的自责。

鲁彦自己在《灯》中并没有解释"心"为何物，但是巴金却把这颗"心"解释为"爱人类的心"。如此解释可谓进一步深入的"发挥"。那么，如此"发挥"缘何而生？凭空杜撰吗？

对于这个问题，其实我们已经从《灯》和《我的心》的对比中得到了答案。鲁彦和巴金共享一个"心"的寓言，而这个寓言的主要内容是理想之命运的悖论：一个人把己身献给"理想"而获得一颗"爱心"就意味着不由自己的命运之承担，如此"理想"往往在黑暗的现实社会中受到打击和挫折，给他带来痛苦和创伤，但是既然已将己身委诸理想，他再也丢不开理想，不管如何痛苦如何悲哀也得继续奋斗下去……我认为巴金与王鲁彦就在如此"悖论"的共享上面发生思想层面的共鸣，正因为如此，巴金能够在鲁彦的身上看到自己的影子：

> ……彦兄，你多少知道我一点，那么你会明白你的死使我失去了一些什么东西。……我望着你那歪斜地走着的身影在逐渐加浓的夜色中消去，我的心忽然隐隐地痛起来，泪水迷糊了我的视线，彦兄，我不是在为你哭，我是在哭自己。……每次我都在埋葬，我不是在埋葬你们……我是在埋葬我自己的一部分。那就是跟着几个朋友遗体埋葬了的一些岁月，在那里面也许还有些金沙似的发光的东西。

巴金用同样的话语来送别林憾庐、陈范予……他们之间究竟存在着什么样的"共鸣"，那就不言而喻，用不着多语吧。①

经过此次对照、比较阅读，我竟发现了短短一篇《我的心》背后存在着那么广阔的空间，而那里充斥着那么透彻、苦涩的（但是在某种意义上，它又是极为坚强的）人生观。这个空间就被过去未曾想到过的人际关系、

---

① 关于巴金和亡友们共享的"金沙似的发光的东西"，我曾在《巴金与"平凡人"》一文中提示过初步的看法。该文现收于《巴金论集》。

交友关系支撑着①，而且这个"圈子"共享如上人生观。

阅读文本，解读文本……说说倒可以说得很简单，但谈何容易！最后还是让我再次强调本文开头部分的那句话吧：更多研究巴金的交友圈和人际、社会关系，从中看到过去没有看到的"巴金"，与此同时，一定要把如此新的"巴金"和他的文本衔接起来，开拓我们的阅读视阈，把文本的内涵更加丰富化。文本究竟是如此复杂且丰富的"宇宙"，而等待我们去探索。

2013年7月2日于东京改稿

---

① 围绕《我的心》，还有一些不清楚的情况，在此补充一下供大方参考并请指教：据我所知，《我的心》原来有一篇"译文"，该译文发表于《狂流文艺月刊》第1卷第1号（1933年7月15日出版）上。之所以称为"译文"，因为这是从世界语版本翻译过来的。译者署名"珍颖"，是这份刊物的主编之一。看看译者后记，他几次见过巴金。他是直接向巴金征求翻译的许可的。看来，原本是巴金亲自把《我的心》翻成世界语的。译者在译文末尾加上一句话，说："珍颖译自世界语的线光中。""线光"有可能是"绿光"的错别字。上海世界语学会编的《绿光》上到底有没有巴金自己翻成世界语的《我的心》，我至今无机会查明。至于基本内容，珍颖翻译版和后来收在《生之忏悔》《文集》《全集》的版本，基本上一样，没有大的出入。围绕"心"的悖论、关于命运的观念等关键情节也没有改变，只是篇幅稍短些。这个小小的插话也算是《我的心》背后存在着的空间之丰富的一个例证吧。

《随想录》的叙述策略和魅力 ①

各位，下午好！我是来自日本的坂井洋史。今天有机会作一次面向公众的演讲，觉得很高兴。

1986 年 8 月 20 日巴金先生写了《随想录》最后一篇《怀念胡风》，所以今年 2016 年是《随想录》完成 30 周年。巴金故居为了纪念这 30 周年，策划以《随想录》为主题的连续演讲"憩园讲坛"。今天是憩园讲坛的第一讲，我身为一个国外的研究者居然能够担任讲坛第一个主讲人，觉得非常荣幸，也未免有点受宠若惊的感觉。这是一次非常难得的学习机会。我想向给我这次机会的巴金故居，尤其是巴金故居常务副馆长周立民先生，表示由衷的感谢。当然首先应该要致谢的还是今天赶来

---

① 本篇据巴金故居主办"憩园讲坛"第一讲《〈随想录〉的叙述策略和魅力》（2016 年 4 月 30 日，于上海图书馆上图书店）的讲稿整理而成，曾发表于《现代中文学刊》2016 年第 4 期（总第 43 期，2016 年 8 月）。演讲时使用 PPT 图多幅，在此无法提示，一律从略。

捧场的各位听众。给我这个老外这么大的面子，我非常
感激。

正式开始演讲之前，我得声明一下：我原来是一个
不会说话的人。在国内用母语讲话或上课时，经常结结
巴巴，甚至有时候连自己都不知所云，我的不善辞令就
是如此程度。今天当然要讲中文，压力大，心里紧张，
生怕有不少地方表达不清楚。而且今天的演讲还要涉及
一些比较抽象的理论方面的内容，能否清楚地传达意图，
对此我深感不安。请各位事先谅解这一点。

（一）

今天的演讲题目原来叫《作为文学的〈随想录〉》，
现在挂在这里的题目《〈随想录〉的叙述策略和魅力》原
来是副标题。主办方觉得如此未免冗长，不好做宣传，
所以改成现在的题目。其实，我直到现在依然有些舍不
得最初的题目。各位也许觉得这个原来的题目有点奇怪，
可能认为：巴金是一代文豪，文豪写的东西，虽然有文
类之别，但都是"文学"无疑，当然《随想录》是文学
作品，何必特意强调说"作为文学的《随想录》"呢？
好，让我从这个问题切入吧。

现在展开话题之前，为了推论上的方便，我们要准
备一些前提。

作者创作一部文本是什么样的行为？读者阅读一部文本又是什么样的行为？介于作者和读者之间，文本到底是什么样的媒介？关于这些问题，我们要建立一个共识。

先考察作者的一面。作者创作一部文本，他希望这部文本能够尽量反映且传达自己内心的思想和审美意识。这是作者对于文本的期待。换句话说，作者有一种欲望，即支配文本的欲望、使文本紧紧从属于自己的欲望。作者对读者也有期待。他希望读者能够"正确"地读出自己的意图，共享自己的思想和审美意识。这是作者对于读者的期待，亦即作者的另外一种欲望，即支配读者的欲望、让读者隶属于自己的欲望。

下面考察读者的一面。按照通常的理解，读者阅读文学作品的主要目标是欣赏作家创作、虚构出来的情节和故事，从中读出作家的意图，共享作家的思想和审美意识。在这个意义上，读者似乎受到作家的控制和支配，而作者的期待或欲望就在此圆满实现。确是如此吗？其实不然。这一点，举个浅显的例子就不难理解。

原来文学作品的阅读可以超越时间和空间，我们随时可以阅读过去的、异域的所有作品，没有任何限制。但是读者的经验和知识到底有限。过去的、异域的日常生活，我们到底知道多少？不言而喻，非常有限。

大家都熟悉，《三国演义》里面有"青梅煮酒论英雄"这段插话。当时的青梅跟今天我们能看到、吃到的青梅应该差不多吧。但是"煮酒"呢？这有点蹊跷。是否像黄酒那样加温？用的是什么酒？据说三国时代中国还没有发明提升酒精度的蒸馏技术，由此可知它一定是低度酒。还有，青梅和酒的关系如何？还是不清楚。关于这些疑问，我一直找不到合理的解释，只能依据自己有限的经验和知识去推测：它很有可能是把青梅和冰糖一起浸泡在低度烧酒中一段时间以后取出来喝的，有点像杨梅酒的果酒。当然如此推测没有任何凭据。而且曹操和刘备两个英雄喝着甜甜的果酒谈论天下，如此情景，我自己也觉得有点不相称。但是实情究竟如何，今天无法证实，只能停留在"不求甚解"的水平。

这个例子说明一个事实：读者的阅读往往是一种误会、歪曲，即误读。

这个情况在小说此一文类中尤为突出。本来小说离开了充斥于日常生活中的琐碎事物，尤其是衣食住行方面的琐碎、具体的能指，就很难成立（不是说绝对不成立。并不追求再现现实的、哲理性的、极其观念化的小说也确实存在着）。但是，对于过去的、异域的所有事物和风俗习惯都了若指掌，那根本不可能。刚才我说了读者的阅读是一种误会、歪曲。如此情况，换一个概念来说，读者的阅读本来是"翻译"，而且是照自己有限的经验和知识任意"翻译"出来，而自以为能够理解、欣赏的"误译"。所以，读者的阅读、作为阅读的结果的理解和欣赏，其实与作者的期待和欲望没有任何关系。读者有误读误译的权利。

读者还有一种期待。那是属于文本范围以外的期待，是对于现实的作家其人的期待。读者往往会想象具有如此思想如此审美意识、运用如此文体来把它表现出来的作者应为如此形象。这时作者的容貌、声音、体态，甚至服装或生活方式等等也会成为读者想象或期待的对象。原来在现代文学此一与现代社会的构筑有紧密联系的制度中，现实的作者和读者缔结的关系是非常暧昧的。无数的、不知名的读者（在某种意义上是文学这个"商品"的消费者）和一个作家，以文本为中介，成立虚拟的交流关系。从作者的一方来看，读者是不可捉摸的群体，从读者的一方来看，他们心目中的作家的形象不外乎根据文字风格，再加上一些文本以外的信息而想象出来的假象。这只是一种幻想而已。写出潇洒的小说的作者，不一定活得潇洒，依据文体风格而形成的印象和作者的实际风貌之间的脱节，如此现象我们不是经常碰到吗？

抽象的议论未免太长了点。通过以上例子，我只想说明：作者也好，读者也罢，虽然双方都有各自的期待和欲望，但是他们的期待和欲望永无实现的一日，往往落空，而且双方将文本夹在中间的期待和欲望很少交叉在一起，形成圆满的一致。

在这个意义上，我刚才所使用"虚拟"一词就成为一个很重要的概念。何解？

作者的一方，读者的一方，从哪一方来说，假如想把文本统统还原为唯一性（唯一的意义和价值），以此掌控文本，如此企图不外是虚妄的，而且实际上是不可能的。唯一确切、实在的只有作为物质摊开在作者与读者面前的文本和"作者——文本——读者"之间虚拟的关系而已。所以，读者想把文本的内容还原为现实社会上确实存在过或存在着的事实，如此企图同样是虚妄的。因为文本中的描述究竟到底是否实在的事实，这并没有确凿的保证，至少读者是无法知道的：作者力说这是实在的，读者可以不相信，作者强调那是虚构的，读者还是可以不相信……两者之间无法缔结信赖的契约关系。作者和读者往往不和谐，却构成微妙的紧张关系。

我却认为，这种"虚拟""不实在""不可信赖""不和谐的紧张"等等才是文学文本之所以成为文学的本质属性之所在，以一言蔽之：妙在实不实、虚不虚之间。我经常说，文本是作者和读者缔结"虚拟"关系并且在那儿为了争夺霸权而展开角逐的一个开放的场域，就是这个意思。如此观点会指示给我们一种更为灵活更为自由的阅读姿势。我认为，读者太拘泥于文学文本所提供信息的实在性、反映现实的程度如何，或者过于计较它传达的"意义"的话，这样的阅读态度，反而会使文学文本的魅力变得贫瘠，也会使它的可能性减少。

（二）

现在我们可以谈谈《随想录》。

据我观察，这十几年来，即进入 21 世纪以来，对于《随想录》的各种评论中"太拘泥于文学文本所提供信息的实在性、反映现实的程度如何，或者过于计较它传达的'意义'"的阅读颇不乏，呈现了汗牛充栋的一大奇观。我们看看这些评论就容易看得出来，不管评论者的立场和评价是对于巴金和《随想录》的肯定抑或否定，他们却共享一个文学观念和评价态度：把文学文本视为现实的直接反映，从文本中任意取出有利于强化己见的"有用"信息（自然，对不利于己见的"无用"信息，视而不见），仅仅对此加以片面的评价，以替代对巴金和整部《随想录》的评价。让我们去看看这种评论的具体例子。

先确认否定的论调：

> 关于《随想录》，其实不过恢复了一个正常的中国人的良知；就它实际到达的思想界域而言，并未超出一般民众的识见。从某个方面来

说，作为"理念人"，中国知识分子比民众蒙受更多的蛊惑和障蔽，未必如民众来自底层生活实践的直接而深刻。……在《随想录》中，我们会随时发现一些空洞，遮盖完好或未及完成的掩体，惯常的话语形态，由此可知巴金前进的限度。／毋庸讳言，巴金是有所觉悟，有所忏悔，但也是有所保留的。从保留的部分看来，有的是出于人生策略，必要和不必要的"世故"，而有的则表明他仍然留在原地，他不可能完全走出昔日的阴影。／在写作《随想录》之后，巴金声明说，他仍在探索，仍在不断修改他的已经做出的结论。显然，他在努力返回原地，实际上是回归"五四"。我们期待着他的可能的新的文本。然而，时代毕竟不同了，旧迹难寻；但就精神本身而言，返回便意味着前进。当此返回之时，我们发现，巴金首先寻找的仍是良心，是信仰，然后才是文学。

这是林贤治先生 2001 年发表的文章《巴金的道路》[①]的一段。这篇文章笔法曲折，富有含蓄，不无费解之处。但是，我觉得有一点却很明显：林先生看重的是作

① 载于《文艺争鸣》2001 年第 3 期（2001 年 3 月）。

者的人格、处世为人的态度、坚持思想的信仰之力度等
等文本以外的要素。本来这些都是归属于现实的巴金其
人的要素，而不是构成文本的直接要素。林先生似乎认
为这些要素是离开文本仍然可以或需要讨论的。如前已
述，作者和文本之间的关系、读者和文本之间的关系以
及作者和读者之间的关系，其实不那么简单。依我看来，
林先生似乎把这三者（作者、作品和读者）直线地连接
起来，很天真地披露了林先生自己的文学观念甚至人生
哲学。

下面看看另外的评论：

> 美中不足的是，也许先生良心上负债过于
> 沉重的缘故，这些据说"代表了当代文学最高
> 成就"的散文作品，纯粹是经验、感受和经历
> 上的陈述，只作感情上的忏悔，而缺乏真正的见
> 识，并没有多少属于自己的思想和理性认识。一
> 言以蔽之，先生缺少了基于反省自我灵魂之上
> 的系统的社会批判意识。整部《随想录》没有
> 厚度，没有应有的冷静，缺乏厚重感，充塞了
> 过多感情充沛的空论。讲"真话"、要"创作自
> 由"……全没有说到点子上。谁不想讲真话？
> 谁不要创作自由？单靠建立一个"文革"博物
> 馆，就能免除再来一次"十年一梦"吗？

这是一位叫蒋泥的先生 2005 年在自己博客上发表的文章《逝者如斯夫——巴金的悔悟》①中的一段。

"缺乏真正的见识""没有多少属于自己的思想和理性认识""缺少了基于反省自我灵魂之上的系统的社会批判意识""没有厚度""没有应有的冷静""缺乏厚重感"……在短短一个段落里面，蒋先生指出的"缺乏、缺少、没有"何其多也！原来《随想录》有这么多的缺席！

看来，蒋泥先生的头脑里面俨然存在着一个理想的、完美无瑕的文学和文学家的意象。当然，这种"理想的文学"里面，《随想录》中所缺乏的这些东西一个都没有欠缺，全部完备。但是，这只是幻想而已。我认为他的"批判"，其实是对于自己头脑里面的幻想的追认。

我也承认，《随想录》里面确实缺乏这些因素。但是，文学批评应该贴切于文本本身，贴切于内在于文本的逻辑，始终不能超越文本的范围之外。否则，评论者可以随便把作品本来没有的，也根本无法拥有的东西拿过来，以这些东西的完备与否为基准，简单地判定这部文本"缺乏、缺少、没有"什么什么，武断地否定文本和作者。很有反讽的味道，如此粗暴、无逻辑地"批

① "天涯论坛——关天茶舍"（http://bbs.tianya.cn/post-no01-192152-1.shtml），2005 年 10 月 19 日（2014 年 6 月 9 日阅览）。

判"，与《随想录》所针对、剔抉、反复进行批评的，某年代过度意识形态化的所谓"大批判"共享逻辑。

下面是徐友渔先生在巴金逝世后不久发表的短文《继承巴金和超越巴金》[①]中的一个段落。这里，我们还是可以看出同样的"批判"逻辑：

> 巴金是少有的提倡反思和批判"文革"的人，他对于"文革"中自己和亲人惨遭迫害有痛切的感受与言说，但由于与社会生活脱节，他除了反复提醒过去的悲剧之外，完全无力揭示甚至无力探讨悲剧的根源，只能泛泛地说"'文革'使人性变成兽性""那时没有人性，变成了兽性"之类的话。/巴金基本上局限于只用道德眼光看问题，他晚年的忏悔是托尔斯泰式的，他体现的是托尔斯泰小说《复活》中主人公聂赫留朵夫的"道德自我完善"，他无力追问如何使制度完善。巴金的忏悔是真诚的，但缺乏历史的维度，巴金留给我们的，大体上是迷茫、疑惑和问号，而非有价值的内容或思想线索。

---

① 载于《新京报》2005 年 10 月 21 日。

我曾经写过一篇文章①指出：中国的作家，遵守职业道德，真挚地从事创作，履行起码的社会责任，仅仅如此不行，不可以不弘毅，任重而道远，实在很苦，肩上的包袱太重了。用徐先生的话，巴金真挚地忏悔还不足，一定要"探讨悲剧的根源""追问如何使制度完善"，还要提供"有价值的内容或思想线索"。如此对于《随想录》的指点、批判，能否成立？开始撰写《随想录》时，巴金年过古稀，完成《随想录》时已经八十二岁的高龄，对他提出这些要求，不是太苛刻了吗？实在"四郊未宁静，垂老不得安"啊！

如此肆意抛开巴金的实情、围绕巴金和《随想录》的实际和历史语境和文本本身的逻辑，为要渲染自己头脑里面的幻想而"利用"巴金和《随想录》，如此"批判"应该以下面狂论为巅峰：

> ……巴金先生的《随想录》通过辛酸的回忆，让我们近距离地触摸到历史本身的残酷性与非人道性，也让我们目睹了在波诡云谲的政治风云下，个体命运轻落如尘的惨淡与寂寥。问题是这样的揭示是否真正把握了"文革"形成的历史动因？……单纯的感性宣泄或基于个

---

① 《对于今后巴金研究的期待》。现收在《巴金论集》。

人命运的自悼行为，并不能强化文学对生活的干预力度，也不能扩展历史本身的内涵，……/ 遗憾的是，在《随想录》中，巴金先生从自己的苦难经历出发，单凭一种偏狭的个人遭遇，就来武断地评判样板戏，并把对"文革"政治的深恶痛绝延伸为首先作为文学现象而存在的样板戏的极度仇视，客观上偏离了文学评价的理性尺度与公正准则，也使这种文学性的写作行为变成另一种意义上的政治写作行为，并可能导致文革思维模式的死灰复燃与政治化叙事的再度登场。从这个角度来看待《随想录》，我以为巴金先生的文革叙事是一种体味着个人自慰心理、饱蘸着个人复仇行为的极端叙事，是蔓延近半个世纪的政治性仇恨哲学的现实回响。[①]

我实在担心今天到场的各位也许会怀疑我引用错了，错误地引用了与《随想录》毫无关系的另外一篇文章。其实不然。这位论者确实是在讨论《随想录》，这篇文章也算是彻头彻尾的《随想录》批判、巴金批判。但是，他在这里披露的仍然是他自己的文学观念，可以说与巴金和《随想录》挂不上钩。

---

① 惠雁冰《意识形态粉饰下的平庸——巴金〈随想录〉》。载于香港《二十一世纪》2007 年 12 月号。

他一定要求巴金"真正把握了文革形成的历史动因",不允许作者的"感性宣泄或基于个人命运的自悼行为",不仅如此而已,更进一步要求巴金"强化文学对生活的干预力度",甚至要巴金"扩展历史本身的内涵"!他还不允许作者叙说自己的经历和感受,也不允许有任何形式的个人化表述。作者从自己的经验和感受出发而立说为文,其笔调一带有批评的口气,就被认定为"个人复仇行为的极端叙事""政治性仇恨哲学的现实回响"。这样无理的责难,其实和对一只猫或一条狗说"你怎么不谙人语?"如此"批判"并无二致,根本没有什么逻辑可言。对这篇令人恶心的文章所包含的种种问题,我另有文章详细地分析过①,今天到此为止。

但是,这里就来了另外一个问题。

对于上面的这种"批判",就有了一位先生站出来,用严厉的调子一一地进行过反驳。他是巴金研究界的前辈、富有成就的著名学者、评论家,20 世纪 80 年代曾任过《光明日报》文艺部负责人、《文艺报》副主编的陈丹晨先生。他认为如此"批判"没有根据也没有逻辑,是风马牛不相及的讹赖、故意刁难。他说:

---

① 参看《"文学"の拒絶,あるいは不可視の"文学"》(日文)。收录于森本淳生编《生表象の近代——自传・フィクション・学知》(水声社,2015 年 10 月)。

对于这样一个奇特怪异的历史现象，这样一个罕见的政治怪胎作一些解剖，从而可以进一步透视"文革"的荒诞和残酷，看到它是如何对人们思想、感情、心理甚至生理上进行全方位强制性的渗透和摧残。这不是理所当然、理直气壮的历史反思吗？／退一步说，即使人们对此有恨有仇，也是一种正当的义愤，是受害者的权利、中国人应有的是非观。／一个作家不写自己所见所闻所思所想、所乐所痛所爱所恨，他的作品的感情以至人生想来是很可疑的。巴金写了自己在"文革"中的一些经历、感受和思考，为什么就要被指控是"个人自慰心理""个人命运的自悼行为""对个人命运的耿耿于怀""饱蘸着个人复仇行为的极端叙事""是蔓延近半个世纪的政治性复仇哲学的现实回响"……把这一系列的政治帽子加在巴金头上有什么根据呢？[1]

我觉得还是陈先生的观点比较公允。但是，我还要指出一点：陈先生的反驳，确实冷静、客观，富有说服

---

[1] 《睁眼看"魅影"——从贬斥〈随想录〉的文章说起》。最初刊载于《粤海风》2008年第4期，经修订后载于《二十一世纪》2008年8月号。

力，但是这个说服力到底由何而来？那是因为陈先生到底是一位过来人，亲身经历过那个"荒诞和残酷"的年代，不仅如此，身处文艺界的前沿还经历过"文革"之后风云变幻的年代（即《随想录》的年代），深刻体会到《随想录》所针对、批判的对象之可怕、问题之深刻。我认为这就是陈先生反驳之所以能够具备说服力的最大原因。

我觉得这是很重要的一点，可以启示我们今天阅读《随想录》时应该留意的问题之所在。

我认为，陈丹晨先生还是重视《随想录》的内容，看重"写什么、说什么"，而相对轻视"怎么写，怎么说"。换句话说，他还是看重文本传达的信息之实在性，亦即"事实"的重量。在此，我们不妨想起我进入正题之前设置的一个前提：从作品读出"事实"的阅读究竟有局限的，也是非文学性的。当然，陈先生的阅读自有其必然性、合理性和强有力的动机，本系无可厚非的。我猜想，对于陈先生来说，自己的阅读是否"文学性"阅读，压根儿不成其为问题。我们应该尊重如此阅读的真挚和沉重。

再举一个例子。且看下面一段话：

> 巴金在起先写作中并没有主动提出什么新
> 的思想，他只是以崇高的地位和影响来不断支

持比较异端的文化现象，这本身就需要足够的勇气和智慧。后来他感受到压迫越来越严重，就以"说真话"来为自己辩护，在这激进的年轻人的眼睛里可能不是什么英雄创举，甚至受到轻视，但对于从历史阴影里走出来的老一代知识分子来说，"说真话"几乎是一个维护良知与操守的武器，"不说假话"成了他们的衡量自己人格标准的最后底线。……将来如果有人将《随想录》与其写作时代联系在一起加以研究，会发现这是一部迅速反映时代话题的文化百科全书，巴金一向说话坦率浅易，但在《随想录》里却充分表现出高度的言说技巧与策略，或说是鲁迅杂文里所谓"奴隶语言"的再现，暗示、象征、曲折迂回、欲言又止的文风鲜明地烙上了那个时代的印记。

这是我多年来的好友、巴金研究会会长陈思和教授的话①。我也知道如此见解并不是他对于《随想录》的评

---

① 《巴金的意义》，载于《上海社会科学院学术季刊》2000 年第 4 期。陈思和一直到近年依然强调如此观点说，《随想录》是一部可以使人窥见 20 世纪 80 年代中国的文化、思想及社会状况的"百科全书"。发言见于《陈思和：〈随想录〉是 80 年代的"百科全书"》（巴金研究会、巴金故居官方网站《巴金文学馆》http://www.bjwxg.cn/show-6-2191-1.html，2014 年 5 月 14 日。2014 年 6 月 14 日阅览）。

价的全部。他对于巴金和《随想录》的看法应该更全面，更全方位的，以上只是其一部分而已。我认为这些话、如此话题的提法有可能出于某种策略性考虑，是从比较容易获得大方认同的角度切入而强调《随想录》的正面价值的。我赞同他的提议①。我也认为，为了再现20世纪80年代思想解放运动的多样、复杂面貌，《随想录》无疑是非常珍贵、难得的"资料"。

虽然这么说，但是，我今天还要指出，如此切入和阅读还是有局限的。因为如此阅读，把《随想录》这部文本和围绕文本与作者的历史、现实、事实之间的距离拉得太近了。一定要把文本置于事实的支配下、让它隶属于事实的阅读态度，我认为是非文学性的阅读态度。

一部文学作品的价值，到底是否全部取决于作品里面包含着的事实信息有多少、真实性多少呢？正如陈思和先生指出，《随想录》确实含有大量的珍贵信息，但是这种珍贵到底是事实本身的珍贵，作为资料的珍贵。当然，文学作品不妨看作"资料"而"利用"，但是所有的历史资料不一定是文学作品。就是说，事实信息的价值、作为资料的价值，不完全等同于文学作品的价值。

---

① 我在 2006 年 12 月杭州《巴金精神遗产探讨暨〈随想录〉出版二十周年座谈会》（江南文学馆、上海巴金文学研究会主办）上作过题为《〈随想录〉研究的文献学前提——关于"定本"问题》的发言，其主旨基本上认同陈思和如上见解，并做了一些具体的补充和发挥。

如前已述，今天演讲原来的题目叫《作为文学的〈随想录〉》，我起了这个题目的意图不外是想强调应该把一部《随想录》视为文学作品而正当对待，据此态度去重新阅读它，读出事实信息以外的丰富价值。这就是我所谓的"文学性阅读"。

（三）

好不容易到达了今天演讲的中心话题了。就是说，不要把《随想录》仅仅看作简单的事实的反映或资料的杂烩，而要把它看作一部文学作品，对此施行文学性阅读，从中读取丰富的内容和魅力，到底如何是好呢？就是这个问题。

我在前面梳理了对《随想录》的正反两面各种评论，据此说明了一个情况。在此不妨确认一下这个情况。

批判《随想录》的人，他们都非常重视外在于《随想录》之外的因素，诸如作者人格的完善、有系统的理性的社会批判意识、更良好的社会制度建设的具体方案、"文革"形成的原因的掌握等等。他们觉得《随想录》中，这些因素不足、缺席，至少看不到。他们只相信自己的眼睛能看到的、实在的东西。如果先验地外在于文本之外的，而且他们可以肯定的某种价值以看得到的、可视化的样态在文本中出现的话，他们就肯定这部文本，他们根本不去问自己的阅读本身有无问题，瞟了一下觉得文本的表层欠缺自己可以肯定的价值，就毫不犹豫地否定文本的价值。

赞赏《随想录》的人也同样重视《随想录》包含着的"事实"。他们认为，这些事实虽然是不容易看到的，但是这些埋伏在文本中的"事实"一旦被可视化，就会成为《随想录》价值的源泉，随之《随想录》也会改观，变为很珍贵的"时代的证言"。他们的阅读没有上面批判者那么粗暴草率，可称为细腻恳切。但是如此细腻恳切，无异乎考古学家极其谨慎地对待出土文物时的细腻恳切，仍然汲取不了《随想录》的文学性和全部的魅力。

重述一遍，两者实际上共享一个阅读态度：太拘泥于文学作品中的事实、实在和意义，过于计较文学作品的真实性、现实的反映程度如何。在此，我想提示与此不同的阅读法。我预想，导致这种阅读法，《随想录》的深度、独到的境地、新的魅力也许会冲破表层的种种障碍而凸现出来。

但是《随想录》总共有一百五十篇，就每一篇进行具体的分析，由于时间的限制，根本不可能。鉴于此，今天我只抓住一个概念，只从一个切入口，考察《随想录》的文学性和《随想录》的文学性阅读以及《随想录》的魅力。

为了探讨《随想录》的文学性和《随想录》的文学

性阅读以及《随想录》的魅力，还是先要说说作为前提的概念——"叙述主体"。我说的"叙述主体"就是栖息于文本中将内容（即故事）及其背景等有关信息讲给读者听、看的存在。这个存在掌握着文本中的全部内容，然后把它依次展示给读者看。

据常识性的理解，《随想录》本文中的叙述主体是"我"，而这个"我"可以视为巴金其人，虽然作品中的"我"一句都不说"我是巴金"。当然，《随想录》在文类上属于散文体，所以叙述主体以什么样的姿态存在于文本中此一问题上，与虚构成分占着绝大比率的小说不同，相对地单纯、简单。可谓，在《随想录》中作者巴金、文本中的"我"、叙述主体这三者的距离很接近。

还有一个问题，即文本传达的信息、内容的可信性问题。如果是小说的话，读者对于故事的可信性半信半疑，只好采取"姑妄听之"的态度：你作者强调说这是纪实，没有掺进一点虚假的东西，但是你叫我们读者怎能相信你确实没有撒谎？那么，非小说类散文像《随想录》如何呢？我也承认《随想录》每一篇写的内容基本上都属实，作者也没有意图故意在实不实虚不虚之间播弄读者。而且《随想录》的核心思想是"讲真话"。提倡"讲真话"的人还会讲假话吗？

如此想来，就有一个疑问会浮现出来：《随想录》的所有内容是否都可以还原为事实呢？如果说《随想录》

有魅力的话，那么其魅力都来源于它所提供事实的分量吗？换一个角度来说，《随想录》到底是否是完全由可视的因素构成的？我不这么认为。

在此我们不妨设置一个具体的切入口，而从这个口切入重新审视《随想录》的叙述，就可以发现《随想录》中叙述主体的存在形态并不像我刚才所说的那样单纯，反而很复杂很隐晦，也可以说《随想录》很有可能自觉运用了非常巧妙而且微妙的叙述策略。

这个切入口是《随想录》里面关于"噩梦"的描述。且看这一段关于"噩梦"的描述：

> 有一个时期我也曾为怪梦所苦，那是十年浩劫的中期，就是一九六八、六九、七〇年吧。从一九六六年八月开始我受够了精神折磨和人身侮辱。虽说我当时信神拜神，还妄想通过苦行赎罪，但毕竟精神受到压抑，心情不能舒畅。我白天整日低头沉默，夜里常在梦中怪叫。"造反派"总是说我"心中有鬼"。的确我在梦中常常跟鬼怪战斗。那些鬼怪三头六臂，十分可怕，张牙舞爪向我奔来。我一面挥舞双手，一面大声叫喊。有一次在家里，我一个人睡在小房间内，没有人叫醒我，我打碎了床头台灯的灯泡。又有一次在干校，我梦见和恶魔打架，带着叫

声摔下床来，撞在板凳上，擦破了皮，第二天早晨还有些痛。当然不会有人同情我。不过我觉得还算自己运气好。一九七〇年我初到干校的时候，军代表、工宣队员和造反派头头指定我睡上铺，却让年轻力壮的"革命群众"睡在下面。我当时六十六岁，上上下下实在吃力，但是我没有发言权。过了四五天，另一位老工宣队员来到干校，他建议让我搬到下铺，我才搬了下来。倘使我仍然睡在上面，那么我这一回可能摔成残废。最近一次是一九七八年八月，我在北京开会，住在京西宾馆，半夜里又梦见同鬼怪相斗，摔在铺了地毯的地板上，声音不大，同房的人不曾给惊醒，我爬起来回到床上又睡着了。①

我们细看这段描述，就可以发现在这不算长的一段里面噩梦居然有四个，而做噩梦的时期、地点、环境都不同，噩梦的性质也不一样：

（1）我白天整日低头沉默，夜里常在梦中

---

① 《随想录》60《说梦》。该篇最初发表于香港《大公报》副刊《大公园》1980年11月16日。后收于《随想录》第2集《探索集》（香港三联书店版，1981年4月／人民文学出版社版，1981年7月）。

怪叫。

（2）有一次在家里，我一个人睡在小房间内，没有人叫醒我，我打碎了床头台灯的灯泡。

（3）又有一次在干校，我梦见和恶魔打架，带着叫声摔下床来，撞在板凳上，擦破了皮，第二天早晨还有些痛。

（4）我在北京开会，住在京西宾馆，半夜里又梦见同鬼怪相斗，摔在铺了地毯的地板上，声音不大，同房的人不曾给惊醒，我爬起来回到床上又睡着了。

以上四场噩梦中，（1）（2）（3）是"文革"期间受到迫害后不久做的噩梦；（4）是作为记忆的噩梦，隔了一段时间后即"文革"结束后还要折磨他的噩梦。

我认为更重要的一点是，作者认为（4）那样事后做的噩梦是过去迫害的"后遗症"，把（1）（2）（3）和（4）看作一连串的、连续性的、还未终结的事件，以因果关系连接起来。

那么，到底是谁能如此"总结"？迫害本身原来可以比喻为噩梦，反映迫害的当天的梦也是噩梦，把现在的自己捉住不放的记忆和心理创伤也是噩梦……统观这些噩梦，而将这些噩梦排列起来，做出一番解释，如此视点和思维高度就是属于叙述主体的。而这个主体是不会暴露在文本表层的、不可视的存在。

　　在好心的医生安排的"牵引架"上两个月的生活中，在医院内漫长的日日夜夜里，我受尽了回忆和噩梦的折磨，也不断地给陪伴我的亲属们增添麻烦和担心（我的女儿、女婿、儿子、侄女，还有几个年轻的亲戚，他们轮流照顾我，经常被我吵得整夜不能合眼）。我常常讲梦话，把梦景和现实混淆在一起，有一次我女婿听见我在床上自言自语："结束了，一个悲剧……"几乎吓坏了他。有时头脑清醒，特别是在不眠的长夜里，我反复要自己回答一个问题：我的结局是不是就在这里？我忍受不了肯定的回答，我欠下那么多的债，决不能这样撒手而去！①

这段噩梦的描述颇耐人深思。

这一场梦与前面已举（4）一样，系事后做的噩梦。但是这场梦"把梦景和现实混淆在一起"，把时间的前后次序都打乱，这是它的独特之处。"结束了，一个悲

<hr/>

① 《随想录》97《病中（一）》。该篇最初发表于香港《大公报》副刊《大公园》1983 年 7 月 14 日。后收于《随想录》第 4 集《病中集》（香港三联书店版，1984 年 10 月，人民文学出版社版，1984 年 12 月）。

剧……"这句梦话，按道理应该发自正处于迫害当中的
人之口里更为自然，但是它竟然是在已经远离了迫害的
时候才发出来。这是一个严重的时序混乱。

作者把这样的混乱都如实写下来而不讳。如此书写
行为与以再现过去的事实为目标的、通常意义上的回忆
或纪实，完全不同。

> 有一个长时期，大约四五年吧，为了批斗
> 我先后成立了各种专案组"批巴组""打巴组"，
> 成员常常调来换去，其中一段时间里那三四个
> 专案人员使我一见面就"感觉到生理上的厌
> 恶"。我向萧珊诉过苦，他们在我面前故意做
> 出"兽"的表情。我总觉得他们有一天会把我
> 吞掉。我果然梦见他们长出一身毛，张开大嘴
> 吃人。我的噩梦并不是从这里开始，然而从这
> 个时候起它就不断地来，而且越来越凶相毕露。
> 我在梦中受罪，醒来也很感痛苦。①

这是"人变兽"的噩梦。在巴金的噩梦中，不仅是
时间的整合和次序给打乱，现实的存在也变形而袭击他。
如此恐怖的梦境，一直到后来远离迫害的年代也持续

---

① 《随想录》114《我的噩梦》。最初发表于香港《大公报》副刊
《大公园》1984 年 2 月 29 日。后收于《病中集》。

着：不仅"人变兽"的过去记忆折磨着他，而且正在映进视野里的现实景观也变形，如此变形的现实景观又侵入噩梦中来，使噩梦更为恐怖：

> 在病房里我最怕夜晚，我一怕噩梦，二怕失眠。入院初期我多做怪梦，把"牵引架"当做邪恶的化身，叫醒陪夜的儿子、女婿或者亲戚，要他们毁掉它或者把它搬开，我自己没有力量"拿着长矛"跟"牵引架"决斗，只好求助于他们。①

他的噩梦到底恐怖到如何程度？

> 更可怕的是，去年五月我第一次出院回家后患感冒发烧，半夜醒在床上，眼睛看见的却是房间以外的梦景。为了照顾我特意睡在二楼太阳间的女儿和女婿听见我的叫声，吃惊地来到床前，问我需要什么。我愣愣地望着他们，吞吞吐吐半天讲不清楚一句话。我似清醒，又似糊涂，我认得他们，但又觉得我和他们之间好像隔了一个世界。四周有不少栅栏，我接近

---

① 《随想录》99《病中（二）》。最初连载于香港《大公报》副刊《大公园》1983 年 7 月 28、29 日。后收于《病中集》。

不了他们。我害怕他们走开，害怕灯光又灭，害怕在黑暗中又听见虎啸狼嚎。我挣扎，我终于发出了声音。我说"小便"，或者说"翻身"，其实我想说的是"救命"。但是我发出了清晰的声音，周围刀剑似的栅栏马上消失了。我疲倦地闭上了眼睛，孩子们又关上灯放心地让我休息。/第二天午夜我又在床上大叫，梦见红卫兵翻过墙，打碎玻璃、开门进屋、拿皮带打人。一连几天我做着各种各样的噩梦，以前发生过的事情又在梦中重现；一些人的悲惨遭遇集中在我一个人身上。……幸而药物有灵，烧退得快，我每天又能够断续地安静地睡三四小时，连自己也渐渐地感觉到恢复健康大有希望了。①

自己身在何处都不能认清，也不知自己在"文革"期间被迫害的当中，还是在"文革"结束后的自己家里，或者在医院疗养。不仅如此而已，巴金还将加到别人身上的迫害也承担下来，由此更增加了痛苦和恐怖。巴金在与外界隔开的状况下，终于丧失了正常的现实感觉。我觉得这一段，可以说是《随想录》噩梦的描述中最深刻、最有深度的一段。

---

① 《随想录》114《我的噩梦》。

如此一来，所谓"后'文革'"就成为无意义的了。对巴金来说，永无痛定思痛。他得不断回归到"文革"当中，不断承受残酷的、痛苦的人身迫害，即永远体验"文革"。这绝不是事后回忆、事后体验，而是非常现场的受苦。为要表达如此痛苦的永续性和现场性甚至普遍性，仅仅以过去事实的再现为目标的死板追忆文字显然不够用。在这个意义上，我认为，巴金描述噩梦时，非采用打乱时空间秩序、连自他的界限都模糊化的笔法不可。

这里又来了叙述主体的问题。如上所述"不断回归到'文革'的当中，不断承受残酷的人身迫害，即永远体验文革"，其痛苦多么大、多么折磨人！但是，读者能否通过文本充分分享这种痛苦呢？

从读者的一方来看，自己面前只有一部已经完成、已经成册的《随想录》。这是读者的阅读通向作者的唯一但不大可靠的渠道。在此，我们不妨想象一部《随想录》经过如何过程最终成其为《随想录》这个过程。

作者的头脑里面早已存在着模糊不成形的某种意念、情绪和判断。这个意念、情绪和判断，经过反复思考，逐渐酿成写作的动机和意向，即作者觉得这些内心的东西，非发泄不可，非以文字文章的形式表达出来不可。下一个阶段，作者从写作家的立场或职业性执笔人的眼光和习惯性思维出发，重新审视自己的内心、自己的内心存在着的写作动机，由此才开始构思"写作"。经过这一连串环节，作者终于达到落笔的一刻。当然文章不会一气呵成。而且，写《随想录》时候的巴金不是经常被重轻不一的种种病缠绕着，有时候拿笔写字都困难吗？

在此有一个不能忽视的重要环节，即作者要反复阅读自己刚写完的文章。经常听说作者是第一个读者，应为这个意思吧。作者要推敲文字，这个工作一直继续，继续到自己觉得"如此差不多"为止。

好不容易定稿，送到报社或编辑那里，排印后，作者看校样，如果觉得必要的话，还要修正、更改文字。他在这个阶段，把自己写的东西从头至尾仔细确认，反复回味内容。

文章在刊物上发表，作者要确认公开发表时的情况如排版的形式、位置、文字大小、有无错别字等等。这时他还要重读自己的文章。过了一段时间以后，作者要把刊登于报刊杂志上的文章汇集起来，出单行本。在这个阶段，仍然要看校样，重新推敲文字以至最后完成。

之所以如此不厌烦地确认《随想录》的成立过程，无他，就是要说明作者在以上一切过程中，不能不反复直面噩梦、回味噩梦、体验噩梦。这是多么残酷、多么痛苦、多么沉重的事后体验！

我认为，更重要的是如下情况：我们读者在通常的阅读条件下，只看到已成为书籍形式的白纸黑字，只看到已能够看到的、可视化的作品，而不会意识到白纸黑字背后、字里行间却潜藏着这么痛苦的心灵。每次阅读自己笔下关于噩梦的描述，反复被这个噩梦折磨、重新感到痛苦的存在的巴金，非职业性的一般读者及其普通阅读是不会觉察到的。

我说的"叙述主体"原来是这样的存在、这样的概念。除了读者能看到的、认识到的、通过文本可以理解到的作者的形象以外，还有隐藏在文字背后，默默承受着一切看不到的、不可视的，但确实属于文本的诸多因素的存在。将这两者铸成一体的整体才是我所界定的"叙述主体"。我认为，为要充分品味《随想录》，读出它丰富的内容和很有特色的叙述方式，充分汲取其魅力，应该注意到如此叙述主体的存在。

预定的时间快要到了。最后，关于《随想录》的叙述策略，我想略略补充一下。

《随想录》的主要话题之一当然是"文化大革命"。对于一定年龄以上的中国人来说，"文革"无疑是极为沉重的话题。如此读者阅读"文革"题材的文学文本的时候，正因为它是沉重的，而且是与自己的经验多少有关联的话题，所以会产生一定的阅读预期。他们翻开文本之前阶段的预期，由于他们的经验是多样的，所以同样是多样的、不一而足。他们阅读《随想录》时，这个事先存在着的预期起到一定作用。

　　依我看来，《随想录》中有关"文革"的描述可分为两种类型。以刚才我介绍的噩梦为例，巴金一方面回忆当年的噩梦，借此追述过去，提供过去的一些事实，一方面无视时间空间的整合秩序，也不分自他，以描述眼下折磨自己的"后遗症"。巴金在行文中竟然把两者混合在一起，一股脑提示给读者，让他们体味"噩梦"的可怕。

　　读者面对如此文本之际，根据自己个人化的经验和记忆，往往把自己的兴趣和阅读视点聚焦于提供事实的一面上，以再确认自己的记忆，并强化自己的记忆和评价。这一方面，《随想录》确实可以成为满足他们预期的文本。但是，不能忘记《随想录》还有另外一面，它并不永远停留在过去的事实和回忆的提示，还要描述正在被噩梦折磨的作者之现场形象，提醒读者不能忘记噩梦依然持续着，问题依然未见解决。

　　使用稍嫌夸张的说法来讲：读者面临这样"分裂"的文本，自以为基于自己的经验、知识和判断完全理解了《随想录》，但转瞬间，他的期待就会直面另外一种叙述的挑战，而他的阅读被否定，被带到另外一种阅读上去重新面对"文革"。

　　如此富有策略性的回忆书写，据我所知，在中国现当代文学史上找不到第二本。我认为这就是《随想录》

难能可贵的价值之所在，也是汲取不尽的魅力之源泉。

今天的演讲到此结束。感谢各位！

2016 年 5 月 14 日在东京寓所整理修改

关于 Gracie Fields 所唱 *Sonny Boy*
（宝贝儿子）及其他 [①]

1928 年 12 月上旬，巴金结束近两年的留法生活，回到了上海，暂时寓居闸北鸿兴路鸿兴坊 75 号上海世界语学会，不久迁往宝山路宝光里 14 号，与索非夫妇同居。翌年 7 月，大哥李尧枚与几个亲戚来沪，居住一月。感情素来很好的兄弟久别六年之后终于得以晤面，当时两人心情的激动是不言而喻的。

巴金早在法国留学时就有以自己的封建大家庭为题材创作一部小说《春梦》（即后来的《家》）的构思，而此次会面后，这个构思得到了大哥的认可和支持。1931 年 4 月 18 日这部小说开始在上海《时报》连载，第二天巴金写到专述"大哥（觉新）"的第六章时，接到成都来电，获知"大哥（尧枚）"于 18 日服毒身亡。1929 年夏

---

① 本篇最初刊载于《点滴》2016 年第 2 期。

天的会面竟然成为兄弟最后一次会面。大哥所支持的小说刚开始公之于世，而且正在回想"大哥"、描述"大哥"时，听到他的噩耗……如此巧合给巴金留下了终生难忘的深刻印象。他一直到后来屡次回忆此次会面的情景：最早的回忆文章应为《呈献给一个人①》，最详细的回忆应为《做大哥的人②》。还有尧枚从上海回成都后不久写给巴金的三封信，比较具体地说及在沪期间的一些细节，可视为上揭两篇文章的补充③。

通过巴金的两篇文章及尧枚的书信，我们可以理解他们笃厚的手足之情以及当时他们的欢悦和悲哀。关于这些，过去已有很多人谈到，不必在此屋上架屋；笔者却注目于这段极其感人的插话中的焦点，即一个"小道具"。

---

① 1932年4月作，最初发表在《创化》月刊第1卷第1号（1932年5月）。该篇后来作为单行本《家》初版的代序，收在1933年5月开明书店版《家》。现收《巴金全集》第1卷（人民文学出版社，1986年）。

② 1933年间作。收在第一出版社版《巴金自传》（1934年11月刊）。现收《巴金全集》第12卷（1989年）。

③ 原来巴金将尧枚的一百几十封信件装订成三册一直保存下来，可惜在"文革"期间挥泪烧毁。后来巴金找到了当时未曾烧掉的四封信。书信分别写于1929年8月21日、10月10日、11月9日和1930年3月4日。前面三封书信都说及在沪期间的一些情况。在最后一封中，尧枚对于巴金写《春梦》的构思表示赞成和支持。这四封信，1993年由李尧枚的儿子李致公开发表，现在作为《永恒的手足情》的附录收于《我的四爸巴金》（"巴金百岁华诞纪念文丛"版，生活·读书·新知三联书店，2003年12月）。

且看以下记载：

我还记得三年前你到上海来看我。你回四川的那一天，我把你送到船上。那样小的房舱，那样热的天气，把我和三个送行者赶上了岸。我们不曾说什么话，因为你早已泪痕满面了。我跟你握了手说一声"路上保重"，正要走上岸去，你却叫住了我。我问你什么事，你不答话，却走进舱去打开箱子。我以为你一定带了什么东西来要交给某某人，却忘记当面交了，现在要我代你送去。我正在怪你健忘。谁知你却拿出一张唱片给我，一面抽泣地说："你拿去唱。"我接到手看，原来是 Gracie Fields 唱的 Sonny Boy。你知道我喜欢听它，所以把唱片送给我。然而我知道你也是同样喜欢听它的。在平日我一定很高兴接受这张唱片，可是这时候，我却不愿意把它从你的手里夺去。然而我又一想，我已经好多次违抗过你的劝告了，这一次在分别的时候不愿意再不听你的话使你更加伤心。接过了唱片，我并不曾说一句话，我那时的心情是不能够用语言来表达的。（《呈献给一个人》）

他在上海只住了一个月。我们的分别是相当痛苦的。我把他送到了船上。他已经是泪痕满面了。我和他握了手说一句："一路上好好保重。"正要走下去，他却叫住了我。他进了舱去打开箱子，拿出一张唱片给我，一面抽咽地说："你拿去唱。"我接到手一看，是 G.F. 女士唱的 *Sonny Boy*，两个星期前我替他在谋得利洋行买的。他知道我喜欢听这首歌，所以想起了把唱片拿出来送给我。然而我知道他也同样地爱听它。这时候我很不愿意把他喜欢的东西从他的手里夺去。但是我又一想我已经有许多次违抗过他的劝告了，这一次我不愿意在分别的时候使他难过。表弟们在下面催促我。我默默地接过了唱片。我那时的心情是不能够用文字表达的。(《做大哥的人》)

今天又接着你的第二封信。谢谢你的美意，怎么你又送我的书？弟弟，你说你硬把我的《小宝贝》要去了，你很失悔。弟弟，请你不要失悔，那是我很愿意送你的。其所以要在船上拿与你，就是使我留下一个深刻的映象，使我不会忘记我们的离别时的情景，借此也表出我的心情，使我的灵魂附着那张小小的唱片永在

你的身旁。（1929 年 8 月 21 日李尧枚致巴金信）

你近年来还爱看电影么？我知道你进了电影院一定不高兴。但是，弟弟，你只管看你的电戏罢，你的哥还是在你的左右。他不过是爱听悲哀的音乐，坐在前面罢了。弟弟，他还是在等他的弟弟，解释着悲哀的剧情给他听呢！就是听不见他的弟弟唱 Sonny Boy，心里不免有些酸痛罢了。（1929 年 10 月 10 日李尧枚致巴金信）

弟弟，天气冷了，你的大衣做起了么？不要受凉。弟弟，《小宝贝》你在唱么？……（1929 年 11 月 9 日李尧枚致巴金信）

笔者之所以不嫌其烦地抄引这么多字，是因为要确认有一张唱片（Gracie Fields *Sonny Boy*）点缀着李家兄弟断肠似的离别。他们兄弟反复提到这张唱片，就说明它对两人来说确是具有象征意义的珍贵东西，恰如尧枚所说那样，有了它，就可以使他的"灵魂附着那张小小的唱片永在"弟弟的身旁。

那么，这张唱片究竟是什么样的唱片？*Sonny Boy* 是什么样的歌曲？歌手 Gracie Fields 何许人？以下是笔者根据目前所掌握的资料初步梳理围绕这张唱片的一些情况，以供诸大方的参考。

（一）关于 *Sonny Boy*（宝贝儿子）

首先要确认有关歌曲 *Sonny Boy*[①] 的情况。

这支歌曲是 Ray Henderson 和 Bud De Sylva 作曲、Lew Brown 填词的[②]，用于 1928 年有声（部分）电影 *The Singing Fool*（华纳兄弟公司出品，洛埃德·培根 Lloyd Bacon 导演。这部电影有两种汉译名字，一为《可歌可泣》，一为《荡妇愚夫》。关于这部电影 1929 年在上海上映时情况，待后叙，片中歌曲由该片主角亚尔·乔生 Al Jolson 主唱[③]。

电影 *The Singing Fool* 的梗概大致如下：

咖啡厅的服务员亚尔·斯通 Al Stone 素来抱希望能够成为伟大的音乐家，痴迷于唱歌，即所谓 Singing Fool（唱歌的傻瓜）。他忙于服务工作之余，还在店里演唱自

---

① 《巴金文集》第 10 卷（人民文学出版社，1961 年 10 月）所收版《做大哥的人》中"我接到手一看，是 G.F. 女士唱的 *Sonny Boy*"一行有作者注释，将《Sonny Boy》译为《宝贝儿子》；李尧枚在写给巴金的书信中把它译为《小宝贝》；载于《申报》1929 年 9 月 5 日的大光明大戏院广告把它译为《小儿子》。

② 有一说认为亚尔·乔生也参与作曲。

③ Al Jolson，又译为阿尔·乔尔生。

作的歌曲，受到顾客的青睐。这家咖啡厅还有一个歌手兼舞女莫里·温顿（Molly Winton），亚尔深爱她，她就是亚尔创作灵感的源泉。事与愿违，因为莫里自己也有成为明星的野心，对于亚尔的钟情置之不理。后来亚尔的曲子突然红起来，看到这个转机，莫里接受了亚尔的求爱，两人结婚成家，生了可爱的宝贝儿子。亚尔沉醉于事业的成功和家庭的幸福。不料莫里的事业心未灭，她听从别人唆使，居然撇弃亚尔和爱儿，重操旧业，成为明星。亚尔陷入绝望之渊，还失去了创作灵感的来源，萎靡不振，只好回到咖啡厅，以爱儿的成长为唯一的乐趣而孜孜工作。这时有一个卖烟姑娘格蕾丝（Grace）谅解亚尔的寂寞心情，处处体贴他，由此爱情逐渐萌生在他们之间。但是更严重的打击袭击了亚尔：他的宝贝儿子患了重病，命在旦夕。亚尔拼命看护儿子，不幸药石无效，他的儿子终于夭折。对于亚尔，留下来的只有格蕾丝的爱情，她的爱情安慰亚尔，会唤起他东山再起的意欲……

这部电影是华纳兄弟公司继 1927 年亚尔·乔生主演的世界首部有声商业电影 *The Jazz Singer*（艾伦·克罗斯 Alan Crosland 导演，1927 年 9 月美国首映。这部电影 1929 年 4 月 26 日在上海上映，当时汉译题目为《爵士歌者》）取得了巨大成功之后，间不容发打出的第二部有声电影（实际上，相当部分还是使用字幕，真正的有声部

1928 年 *The Singing Fool*
首映时海报

Brunswick 唱片公司原创版
Sonny Boy 唱片封套

The Singing Fool 中唱 *Sonny Boy* 的亚尔·乔生

分依然止于一部分），票房竟然赚到美金 550 万之多，这
项纪录一直等到 1939 年《乱世佳人》*Gone with the Wind*
问世才被打破。剧中歌 *Sonny Boy* 也很受欢迎，唱片销售

量作为用于电影中的剧中歌首次超过一百万张，在 1928
年的流行歌曲排行榜上连续 19 周独占鳌头[①]，可谓红极一
时的畅销歌。

主演 *The Singing Fool* 而在剧中"三唱《小儿子》曲，
表情个个不同"[②]的亚尔·乔生，1886 年 5 月 26 日出生于
帝制俄罗斯治下的立陶宛，拥有犹太人血统（本名为阿
萨·尤尔森 Asa Yoelson），幼时举家移民到美国。13 岁时
作为舞台演员出道，与兄弟一起参加马戏和黑脸歌舞秀
（minstrel show）的巡回演出，后来作为歌手、演员在百老
汇获得成功。他继承黑脸歌舞秀的末流，涂黑脸面扮成
黑人（看图），唱出极为伤感的歌曲如 *Mammy Swanee* 等

亚尔·乔生
（1886-1950）

涂黑脸面扮成黑人唱歌的亚尔·乔生
（电影 *The Jazz Singer*）

---

① 参看 The World Music Chart 网页 Songs from the Year 1928（http://
tsort.info/music/yr1928.htm）。2016 年 1 月 3 日阅览。

② 载于《申报》1929 年 9 月 5 日的大光明大戏院广告。

博得喝彩。20 世纪 30 年代以前，亚尔·乔生是美国演艺界名副其实的大明星。1950 年 10 月 23 日，因心脏麻痹在旧金山逝世。噩耗传来的当天，纽约百老汇全区灭灯，以悼念这位杰出的歌手、演员。

如前已述，1929 年夏天巴金和大哥李尧枚最后一次会晤中，一张唱片 *Sonny Boy* 占到了重要位置，而注目于这一点的，据我管见，还是李尧枚的长子即巴金的侄子李致先生。李先生发表了题为《唱片〈小宝贝〉》的文章①，篇末附上注释如下：

> 此处巴老的记忆可能有误。据我儿子了解，目前发现《小宝贝》的唱片或记录，都是男歌手演唱的。据巴老和李尧林的好友杨苡老人回忆，当年这首歌曲的唱片应当是由著名男歌手阿尔·乔生（Al Jolson）演唱录制的。供参考。

《唱片〈小宝贝〉》写于 2004 年 5 月 1 日，而李先生在同一年 11 月 24 日在上海市档案馆外滩新馆主讲"'走近巴金'系列文化演讲"之一《我心中的巴金》，也谈到这张唱片的情况。讲稿后来收进演讲集《巴老与一个世

① 2009 年 10 月中国华侨出版社增订本版《我的四爸巴金》增收此文。

纪》①时，李先生在文章末尾又重复了与上面完全一样的注释。

平心而论，既然巴金明确地提到歌手的名字，而且在几次改版之际都对这一段的注释施行些微改动②，那么我们也很难想象他的记忆有误。像李致先生那样，仅仅以一时找不到女歌手所唱版本为根据而推测 1929 年当时巴金送给大哥的 *Sonny Boy* 唱片不是 G.F. 女士（格蕾西·菲尔兹 Gracie Fields）所唱版本，而是亚尔·乔生所唱原创版本，依然缺乏确凿的证据，笔者觉得未免有些武断之嫌。的确，从 1911 年开始，直到临逝世前，亚尔·乔生灌录了大量的歌曲。其中 *Sonny Boy* 可称为他数一数二的代表性歌曲，几乎与"亚尔·乔生"的名字分不开，由此导致李致先生（还有杨苡先生）推测巴金的记忆有误，也不无道理。

其实，问题本是很简单的。原来 *Sonny Boy* 那样"红"

---

① "你我巴金·大家谈系列"版，余秋雨等《巴老与一个世纪——"走近巴金"系列文化演讲集》（上海社会科学出版社，2005 年 10 月）。

② 如在上面引文中已提示，1932 年《呈现给一个人》中，巴金把歌手的全部原文名字写下来（以后该篇的各种版本都保留这个体裁）；次年《做大哥的人》中，Gracie Fields 就变成"G.F. 女士"。以后《做大哥的人》的各种版本（从文化生活出版社 1936 年 7 月刊《忆》所收版本一直到今天的《全集》）所收版本均袭用"G.F. 女士"。1961 年 10 月《巴金文集》第 10 卷收录该篇时，作者对于"G.F. 女士唱的 *Sonny Boy*"一句加注，将 Gracie Fields 和 *Sonny Boy* 翻成中文，写："格蕾西·菲尔兹的《宝贝儿子》。"巴金对于这部分的处理确实用过心，而每次处理之际，应该有所回忆，确认自己的记忆。由此想来，巴金把亚尔·乔生和格蕾西·菲尔兹混淆在一起的概率应该很小。

的流行歌曲，往往成为其他歌手争先恐后翻唱 cover 的对象，经过此一过程，逐渐成为脍炙人口的经典歌曲 standard song 或"口水歌"。这是大众音乐界的常规。试查一下有关大众音乐录音情况的数据库，就可以知道 *Sonny Boy* 的翻唱版本非常多①，而且翻唱的歌手中，女歌手也颇不乏，诸如佩屈拉·克拉克（Petula Clark）、伊迪丝·戈姆（Eydie Gormé）、露丝·布朗（Ruth Brown）等著名女歌星都先后录音过。当然不能怪李致先生他们不谙此等欧美大众音乐界的常规和情况。笔者只想指出，格蕾西·菲尔兹唱过 *Sonny Boy* 的可能性还是不能否定的。不，这不仅仅是"可能性"如何的问题，事实上，格蕾西·菲尔兹确实唱过 *Sonny Boy*，而唱片也确实存在着——笔者在偶然的机会找到格蕾西·菲尔兹所唱 *Sonny Boy* 唱片，从英国一家古董商网购到了（稍后再作具体的介绍）。

严格地说，这起"疑案"的终极解决还是不可能的。1929 年巴金兄弟彼此推让的那一张唱片的唱主究竟是亚尔·乔生，还是格蕾西·菲尔兹，确定歌手的决定性证据当然是唱片本身。很遗憾，这张唱片在巴金的"书斋里孤寂地躺了三年以后已经成了'一·二八'的侵略战争的牺牲品"②，早已不在世上了。虽然如此，既然找到了

---

① All Music 网页。http://www.allmusic.com/search/songs/Sonny+boy（2016 年 1 月 16 日阅览）。

② 巴金：《呈献给一个人》。

格蕾西·菲尔兹所唱 *Sonny Boy* 唱片实物，李致先生他们怀疑巴金的记忆有误，这个本来就极为脆弱的推测已经不成立了。那么，笔者认为，我们还是应该以巴金的说法为妥。

（二）格蕾西·菲尔兹和唱片 *Sonny Boy*

那么，作为 *Sonny Boy* 的唱主，巴金屡次提到其名的格蕾西·菲尔兹到底何许人？其实，她并非无名小卒，不仅如此，她在 20 世纪前半叶的英国，无人不晓，是堪称"国民歌手"的大明星。

格蕾西·菲尔兹，本名格蕾丝·斯坦斯菲尔德

格蕾西·菲尔兹
（1898–1979）

1928 年皇家大汇演海报
（右上 2 为格蕾西·菲尔兹）

（Grace Stansfield），1898 年 1 月 9 日出生于英国兰卡夏州罗奇代尔。她年少时就开始在公众面前唱歌，十四岁时正式出道，从那时起自称 Gracie Fields。她作为一名喜剧演员（comedienne）开始其演戏生涯。1923 年初次在伦敦的观众前露面，之后她顺利积累经验，获得名声，逐步走到演艺界的顶峰。20 世纪 20 年代后期至 20 世纪 30 年代是格蕾西·菲尔兹漫长的艺人生涯中最辉煌的黄金年代：1928 年首次参加著名艺人荟萃，在皇家面前献艺的皇家大会演（Royal Variety Performance）。定期出演英国广播公司（BBC）的音乐节目，积极灌录了听众喜爱的歌曲，销售四百万张以上唱片。1937 年她与二十世纪福克斯电影公司签订合同，钱款多达二十万英镑（当时世称这是人类拿到的最多薪水）。二战期间，她移居美国，战后定居意大利卡普里岛，20 世纪 50 年代基本上退出演艺圈。她在伦敦的最后舞台是 1978 年的皇家大会演，唱了她曾经轰动一时的红曲《萨利》Sally，博得观众的狂热喝彩。翌年，她被授予女爵士（Dame）爵位。之后不久，9 月 27 日，她在意大利卡普里岛逝世。享年八十一岁。

从以上简历也可以知道，巴金在南京路谋得利洋行（S.Moutrie & Co.,Ltd）买了 Sonny Boy 唱片的时候，恰恰是格蕾西·菲尔兹在英国刚开始火红起来的时候。原来谋得利洋行是英商经营的，而且，据笔者有限的调查，1940 年代以前所谓标准唱片（SP=standard playing/78rpm

唱片）时代，格蕾西·菲尔兹主要在英国留声机公司
（The Gramophone Co.,Ltd）灌录歌曲，而谋得利洋行是
美国留声机公司演变而成的胜利公司（Victor Talking
Machine Co.,Ltd）留声机和唱片的代理商。那么，谋得利
大力推出本国红歌星的唱片也是在情理之中。

笔者偶然能买到的格蕾西·菲尔兹所唱 *Sonny Boy* 唱
片是英国留声机公司（The Gramophone Co.,Ltd）1929 年
出品的 10 英寸标准唱片，目录上编号为 B3008，与另外
一支歌曲 *Hot Pot* 配在一起。唱片中间的标签贴纸上，除
了曲名、作曲者名字、唱主名字、回转数、目录编号、
厂址和留声机公司/胜利公司专用的著名商标 HMV（"His
Master's Voice" ＝"他主人的声音"）字样以及"狗听喇
叭"的画以外，还有关于歌手、语言和演奏形态的简单
说明：女喜剧演员/英语/管弦乐团伴奏（Comedienne/In
English/with Orch.）。

Gracie Fields *Sonny Boy/Hot Pot*（Gramophone B3008）

歌曲本身如何呢？ *Sonny Boy* 是一支甜蜜且悲伤的 Ballad 类型的感伤情歌，编曲的余地本来就很小。先后翻唱的几种版本基本上踏袭亚尔·乔生原创版本的样式，大同小异。亚尔·乔生自己也多次重录 *Sonny Boy*，但是从 *The Singing Fool* 的剧中歌开始，演唱时间几乎在 3 分钟至 3 分 10 秒钟之间，无大差异。格蕾西·菲尔兹所唱版本演唱时间约 3 分 22 秒，节奏稍慢一点。只有一点值得注目，即歌词的改编。

"爸爸歌颂自己的宝贝儿子，觉得他居然能把灰色的阴天都变为蔚蓝的晴天，是上帝派遣下凡的天使，这个天使给爸爸以无比的欢乐和幸福。但是少了如此一个天使，天堂反而寂寞了。结果上帝把这个天使召回天堂，爸爸就寂寞了……" *Sonny Boy* 的歌词内容大致如此。

亚尔·乔生在电影 *The Singing Fool* 末尾唱 *Sonny Boy* 时，唱到最后一段之前，采取近乎说白的调子，将之前的歌词内容快速重述一遍（When there are grey skies ,/ I don't mind grey skies ./You make them blue , Sonny Boy ./ Friends may forsake me ./Let them all forsake me ./I still have you , Sonny Boy .//You're sent from heaven ,/And I know your worth ./You've made a heaven/For me here on earth . 大意如下：即使天色晦暗 / 我不在意。/ 你变它为蓝色，宝贝儿子。/ 或许朋友们会丢弃我。/ 让他们丢弃吧。/ 有你在，宝贝儿子。// 你是从天堂下凡的，/ 我知道你的真价。/ 你

创造了天堂，/为了我，在这个地球上。），而格蕾西·菲尔兹省略了这一段。

最后一段歌词如下：

And the angels grew lonely . /Took you, because they were lonely , /I'm lonely too, Sonny Boy .（天使们寂寞了，/把你带走，因为他们寂寞，/我也寂寞了，宝贝儿子。）

格蕾西·菲尔兹改编这一段如下：

And the angels grew lonely , /Take you , cause they are lonely , /I' ll follow you, Sonny Boy .（天使们寂寞了，/把你带走，因为他们寂寞，/我将追随你，宝贝儿子。）

如此改编（下划线的地方），意味深长。在电影中，亚尔如此唱不是没有理由的。他唱如上歌词是在宝贝儿子病逝之后，但是他此时已经遇到新欢，依稀感到爱情的萌芽，也预感到事业的重新成功。因此，他只唱 I'm lonely too（我也寂寞了），给观众暗示幸福的未来即将来临。从电影的情节和故事展开的逻辑来看，这是很自然的考虑和处理。格蕾西·菲尔兹却与电影中的角色亚尔不同，不用顾虑到电影情节和故事如何，可以唱出 I'll follow you（我将追随你），以强化这支歌曲的感伤气味。

亚尔·乔生版 *Sonny Boy* 和格蕾西·菲尔兹版 *Sonny Boy*，孰好孰坏，那当然要任听者所好，不能一概而论。只有一点要指出：格蕾西·菲尔兹到底是一名演员，她所唱 *Sonny Boy* 的一部分，宛如朗诵调（Recitativo），往往灵活自由地脱离原旋律，近乎说白的风格发挥歌词（虽然不那么夸张），比较成功地表达出 *Sonny Boy* 的戏剧性内容。如此唱法，在其他翻唱版本中还是少见的。可以说，格蕾西·菲尔兹的唱法在某种意义上继承了亚尔·乔生在电影中的唱法，或许她意识到亚尔·乔生的风格进而有意模仿也未可知。

（三）巴金和 *Sonny Boy*

笔者本来以为巴金和大哥一起去看了电影 *The Singing Fool*，听到剧中歌 *Sonny Boy*，一听钟情，看完后就赶到南京路上谋得利洋行买了一张唱片①，做兄弟重聚的纪念。如此"故事"，虽然显得比较自然，但是没有任何根据，只是臆测杜撰而已。后来笔者翻阅当时的报纸如《申报》

---

① 谋得利洋行（S.Moutrie & Co.,Ltd）位于南京路 37 号河南路抛球场东（现南京东路河南中路口附近），距上映电影 *The Singing Fool* 的大光明大戏院（位于静安寺路，现南京西路 216 号）不太远。

《时报》以及有关20世纪20年代上海电影业的专著和学术论文等，就知道如此"故事"根本无法成立。

理由很简单：电影 *The Singing Fool* 在沪上映时间与巴金大哥李尧枚在沪时间不一致。据笔者初步调查，*The Singing Fool* 以《可歌可泣》的译名，于1929年4月5日首次在上海大光明大戏院上映，而只上映5天，第六天即4月10日就换了一个节目（下一轮节目为 Edward Sloman 导演、George Sidney 等主演 *The Heart of a Nation*《好汉》）。不用说，7月中旬才到上海的尧枚不可能看到此次上映。第二次上映是在1929年9月3日至13日之间，影院还是大光明大戏院，译题却改为《荡妇愚夫》。这时尧枚早已回川，还是无法看到该片。据此，似乎可以推断：李尧枚没有看到电影 *The Singing Fool*，或许不知道 *Sonny Boy* 原系电影的剧中歌，也不知道亚尔·乔生所唱。他由巴金的介绍，作为独立的歌曲通过唱片单独欣赏的。

The Singing Fool 两次上映，除了译名的更换之外，还有根本性的区别。且看9月1日大光明大戏院在报纸上所发布《大光明开映有声影戏宣言》中一段说明：

> ……此一九二九年至一九三〇年者，盖已骎骎乎入于有声电影戏之时期矣。本院当开幕之初，本拟以有声影戏飨我国人，顾为郑重将事起见，窃不欲草率为之。爰以半年之力，从

事筹备，不惜重金，特向美国购得最新式最完备之慕维通 Movietone 与 Vitaphone 有声机二座，组织极为繁复，其发音之正确、之清晰、之优美，得未曾有，与前此他家所用者，截然不同，装置时工程浩大，费时一月，由著名电机工程师毕加德君躬自督察，一丝不苟，并已更换特大银幕，以期尽善。此机之装置，在上海影戏院中为开山鼻祖，其精美与伟大，亦可自居首席而无愧色。……

原来，1929 年 9 月以前上海各影院还未引进播放有声电影的设备，而大光明引进设备后上映的首部有声电影就是 *The Singing Fool*。那么，4 月份首次上映的 The

20 世纪 30 年代　　《申报》1929 年 9 月 1 日《大光明开映
大光明大戏院外观　　　　有声影戏宣言》

Singing Fool 是无声电影，当时的观众只看到亚尔·乔生的面容，却无法听到其声音和歌声。其实 *The Singing Fool* 是百老汇风格的音乐片，如果缺乏亚尔·乔生的歌声，大为减色无疑。鉴于此，影院不得不采取了一种奇妙的折中法。4 月份该部片子的广告上有如下文字：

> 本片有华文字幕，明晰可观。今日特备一
> 极大之留声机，佐以全班音乐名师，配奏片中
> 名曲，可谓锦上添花。

可知 4 月份所放映无声版 *The Singing Fool*，其说白部分只能依靠字幕，而歌唱和音乐部分就利用留声机（即放唱片）和乐团的现场演奏，以弥补技术性的不足和缺憾。

综合以上材料，至少有一个情况已经明了了：巴金早在大哥李尧枚来沪之前就知道 *Sonny Boy*，而把它介绍给大哥。李尧枚没有看到影片 *The Singing Fool*，所以也没有听到银幕上亚尔·乔生所唱的 *Sonny Boy*，他只听过唱片。

至于巴金何时何处最初接触 *Sonny Boy*，目前依然缺乏判断的材料，只好留诸日后考察。笔者只能猜想有三种可能性：（1）1929 年 4 月份在上海看了无声版 *The Singing Fool* 的首映，听到影院放的唱片或乐团的现场演

《申报》1929 年 4 月 9
日 The Singing Fool 无
声版《可歌可泣》广告

《申报》1929 年 9 月
5 日 The Singing
Fool 有声版《荡妇
愚夫》广告

《申报》1929 年
9 月 13 日广告

奏，知有此曲；（2）1928 年底回国之前，在法国看了影片①，听到电影中剧中歌 Sonny Boy；（3）根本与电影无关，作为独立的歌曲，在偶然的机会听到它。如果实情确是（2）或（3）的话，那么喜欢听 Sonny Boy 的巴金绝不会错过 The Singing Fool 在上海的两次上映，一定踊跃而往，这是可以肯定的。

当然猜想究竟是猜想，但是猜想之余，笔者想到以爱者的永诀为主题的 Sonny Boy 歌词内容居然与巴金兄弟

---

① The Singing Fool 1928 年 9 月在美国首映。巴金于 1928 年
10 月 18 日到达马赛，由于海员罢工，只好在马赛逗留 12 天，其间
去过大小不一的几家电影院。至于 The Singing Fool 在法国的上映情
况，待查。

之间现实的关系相当程度上重叠而震惊。不知世上有无"歌谶"，但如果有的话，那么这应该是。

2016 年 2 月 16 日

关于斯托姆原著、巴金译《在厅子里》①

特奥多尔·斯托姆（Theodor Storm，1817—1888）是巴金心爱的德籍作家之一。巴金曾翻译过斯托姆的四篇小说，即《迟开的蔷薇》（*Spate Rosen*，1859）、《马尔特和她的钟》（*Marthe und ihre Uhr*，1847）、《蜂湖》（*Immensee*，1849）及《在厅子里》（*Im Saal*，1848）。前三篇后来收在单行本《迟开的蔷薇》②中。该书迄1953年起重印多次③，印数达一万两千册，受到广泛欢迎，作为斯托姆作品的译本，其影响之大，似乎与郭沫若和钱君

① 本篇最初刊载于《点滴》2016年第1期（2016年3月）。

② "文化生活丛刊第32辑"版，桂林文化生活出版社，1943年11月初版。抗战前后文生社书籍版本情况较复杂，桂版是"文化生活丛刊第32辑"，从1945年沪再版后改为"文化生活丛刊第30辑"。至1953年版就取消"文化生活丛刊"名称。

③ 据我初步调查，桂版只印一次，沪版共印六次。

胥（钱潮）合译的《茵梦湖》①不相上下。《在厅子里》一篇于 1944 年单独在熊佛西主编的《当代文艺》月刊上发表后，未见收录单行集子中，而《巴金译文全集》第 6 卷（人民文学出版社，1997 年 6 月）将这一篇作为"附录"附在《迟开的蔷薇》之后。

《译文全集》收录《在厅子里》，附在《迟开的蔷薇》之后，可谓合理之举。但是该书此一单元（307—374 页）有些地方尚缺周到，似乎需进一步完善。本篇并无深意，只想指出一二小问题，供诸大方参考而已。

首先谈谈原作者名字 Storm 的翻译问题。巴金在各版《迟开的蔷薇》及单篇《在厅子里》的译者附记（关于这段文字，后叙）上使用的译名均为"斯托姆"。如此音译是否正确，是否德语发音的忠实拼写，我本人不谙德文，不敢乱说。其实，Storm 的译法历来不统一，直至今日各种译法并存，如：施笃谟（郭钱合译本）、斯笃姆（郁达夫）、施笃姆（马小弥）、施托姆、斯托姆等。据新世纪斯托姆作品翻译者之一杨武能（他采用"施笃姆"）的说法，《茵梦湖》的汉译本有二十二种之多（包括港台出版的译本在内）②，我也确认其中几

---

① 上海泰东图书局，1921 年 7 月。"茵梦湖"即巴金所译"蜂湖"。

② 《茵梦湖——施笃姆诗意小说代表作》（广西师范大学出版社，2003 年 6 月）所收《译序·施笃姆的诗意小说及其在中国的影响》。

种，情况确实如此。问题在于：《译文全集》所收《迟开的蔷薇》的扉页上写着"斯笃姆"。如上已述，巴金自己使用的译名都是"斯托姆"。《译文全集》第6卷卷末《代跋》（1996年1月12日写）第三节是关于斯托姆一些情况的交代，其中巴金对于Storm的称呼还是"斯托姆"。那么，为何仅在扉页上竟使用"斯笃姆"呢？有无非此不可的理由？如果尊重原版和译者最晚年的译法，那么不是应该采用"斯托姆"吗？这是第一个小问题。

其次是《在厅子里》的初载刊物《当代文艺》第1卷第2期的出版日期问题。《译文全集》第6卷第367页脚注写着："本篇最初发表于一九四四年一月桂林《当代文艺》第一卷第二期。"我所看到《当代文艺》第1卷第2期上没有出版日期，也缺失版权页等，无法确认具体的出版年月日。但是该刊第1卷第1期第一页是郭沫若的《元旦献词》，可知《当代文艺》创刊于1944年1月。再去查一下唐沅等编《中国现代文学期刊目录汇编》③，《当代文艺》第1卷第2期的出版年月还是1944年2月。据此，我认为《译文全集》的脚注需要更正。这是第二个小问题。

还有一个问题。这个问题不大不小，可以说多少与

---

③ "中国现代文学史资料汇编（丙种）中国现代文学书刊资料丛书"版，天津人民出版社，1988年9月。

巴金对于斯托姆的看法甚至他的文学观有关。原来《当代文艺》登载《在厅子里》时，最后附载译者的说明文字如下：

> 从 T. Storm 的《蜂湖同别的夏天的故事》中译出。我译斯托姆的小说，这是第四篇了。以前译的三篇都编在《迟开的蔷薇》里面。翻译这小说并没有什么用意。我并不想劝人多读斯托姆的小说。不过我喜欢它们。虽然我到现在还没有把德文念好，可是我也学着翻译一点东西。只是拿这拙劣的试译来占了杂志的宝贵篇幅，我心里有点不安罢了。——译者

从最后一句话的语气来猜想，这段"附记"有可能是附上译稿专写给编者的说明性私信或字条之类，而不是"正式"的附记。且不管这段文字的性质如何，"附记"中"我并不想劝人多读斯托姆的小说。不过我喜欢它们"这句话还是值得注目。我们翻开单行本《迟开的蔷薇》，就可以在《后记》中发现类似的话：

> 我不想把它介绍给广大的读者。不过对一些劳瘁的心灵，这清丽的文笔，简朴的结构，纯真的感情也许可以给少许的安慰吧。

显而易见，两者的意思并无二致。巴金虽然喜爱斯托姆的"清丽、简朴、纯真"，但是"不想把它介绍给广大的读者""不想劝人多读斯托姆的小说"。之所以如此说，我猜想，因为当年的巴金认为抗战中的中国人民应该把自己的力量贡献给民族救亡的伟大任务，应该直视战时的严酷现实，不能逃避到斯托姆式甜美抒情的世界中去。这种观念本身当然无可厚非，尤其在当时的环境中，有充分的理由主导巴金的思想。但是我更注意到，如此观念还是根植于"现实——斗争——干预/梦境——抒情——逃避"二项对立式思维/文学观，而如此思维/文学观其实是巴金从年轻时代一直坚持过来的。也就是说，我们可以从中窥见到巴金文学观的重要特征及其表现。

在这个意义上，《在厅子里》的译者附记自有它的价值，是一份重要的资料，也是应该与《迟开的蔷薇·后记》并列在一起而加以考察的文本。现在《译文全集》只收译文本文，未收附记，我认为，这还是不能忽视的疏漏，有必要予以适当的补充。①

2015 年 8 月 21 日在一桥大学

---

① 在这篇附记中，巴金说他依据《蜂湖同别的夏天的故事》而翻译此篇。其实，《在厅子里》收在 1851 年柏林出版的 *Sommergeschichten und Lieder* 中，该书名应译为《夏天的故事及歌曲》。如果巴金在此提到的书名确指翻译时所用原书而没有记错书名的话，它有可能不是原版，而是某种选本之类，待考。

关于日本最早的巴金作品的翻译及介绍①

如果要了解战前日本对于中国现代文学的研究情况，尤其要通过文献目录的形式而统观其规模及范围，我们应该首先去查看饭田吉郎编的《现代中国文学研究文献目录》②。该目录初版本刊于 1959 年 2 月，中国文化研究会发行，大安发售，增补版刊于 1991 年 2 月，由汲古书院出版。初版本在 67 页本文部分共录 1741 项，而增补版在 157 页本文部分共录 3435 项，居然增多了几乎一倍的信息。原来编者持有极为严谨的辑录原则，只采录自己亲眼确认的原本上"第一手"信息，而从广告或其他目录等间接获得的"第二手"信息，一律不录。其信息

---

① 本篇最初刊载于《点滴》2016 年第 2 期。

② 饭田吉郎（1922—2015），茨城县人。曾任科学技术学园工业高等学校校长、大正大学教授。编著有《现代中国文学论选》（1958）、《左联期资料》（1978）、《白行简大乐府》（1995）等。

初版本封面　　　　　　增补版函套

之可信度，是不言而喻的，而该目录之可贵处亦在于此。

依次翻看这本目录，可以知道巴金在日本最初的介绍是短篇小说《狗》的翻译。译文刊载于东京帝国大学文学部支那哲文学生会《支那哲文杂志》第 11 号（1931年 12 月 25 日发行），译者为榎村巧。

很遗憾，关于译者榎村巧的生平及其他情况，笔者目前所知甚少。据东大中哲文学会编《昭和 56 年 11月 15 日现在卒业生名簿》的记载，榎村巧于昭和 8 年（1933 年）毕业于东京帝国大学文学部支那哲文学科（支那文学专攻），日本最早专门研究同时代中国文学的民间学术团体"中国文学研究会"的主要成员之一冈崎俊夫

 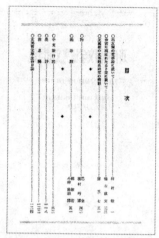

《支那哲文杂志》第 11 号封面　　　《支那哲文杂志》第 11 号目录

（1909—1959）是同届毕业生[①]。上揭毕业生名单刊行当时（即 1981 年），榎村巧已被划到"物故者"中。

　　《支那哲文杂志》是东京帝国大学文学部支那哲文学科在籍学生所组织"支那哲文学生会"发行的。该会联系地址是"东京帝国大学文学部支那哲文学研究室"，刊物的编辑为"支那哲文杂志代表者"（第 11 号编辑人为斋藤护一。他也与榎村巧同届毕业）。这份刊物，与其说

———————————

　　[①] 中国文学研究会，在竹内好（1908—1977）的倡导下 1934 年 1 月成立，1943 年 1 月解散。会刊是《中国文学研究月报》（从 1940 年 4 月第 60 期后改名为《中国文学》，出至 1943 年 3 月第 92 期停刊）。中国文学研究会其他主要成员的毕业年次如下：增田涉（1929 年）、松枝茂夫（1930 年）、竹内好（1934 年）、饭冢朗、千田九一（1936 年）。

是纯粹的学术刊物，不如说是系里教师、同学、校友联络感情，并记录近期教学情况的系友内部交流刊物（因此它是"非卖品"）。刊载《狗》译文的该刊第 11 号是庆祝支那哲文学科研究室宇野哲人教授（1875—1974）就任文学部长（即文学院长）的纪念特刊：学术论文有《关于冯友兰的哲学论》（柿村峻一）、《关于〈尚书〉中所见卜荄》（桥本成文）、《王国维支那戏曲研究概观》（原三七）。翻译有巴金《狗》和郭沫若《函谷关》（小林政治译）。除此之外还载有《中支旅行记》《汉诗》（即旧体诗创作）、《消息栏》及《支那哲文学生会日志》，由这些内容也可以窥见其"系刊"性质①。

《支那哲文学生会杂志》第 11 号中，《中支旅行记》算是一篇饶有兴趣的报告记录。当年支那哲文学研究室每年暑假组织实地参观旅行团，这一年的旅行遍游江浙一带，为期一月余。除了带队的团长为教授以外，参加旅行团的成员都是在籍学生，他们出发之前事先拟定各自的研究题目。《狗》的翻译者榎村巧也参加此次旅行团，而他的研究题目是《以白话文学为中心的支那现代

---

① "支那哲文学生会"后来变为"东京支那学会"一直到战后 20 世纪 70 年代（学刊名称也屡经变迁，如《汉学会杂志》《东京支那学会报》《东京支那学报》）。1971 年"东京支那学会"成为"东大中哲文学会"（学刊为《中哲文学会报》），1985 年又改为"东大中国学会"（学刊为《中国—社会と文化》）。1993 年取消系友会性质，扩展为向社会公开的"中国社会文化学会"至今。

文坛之趋势》。如此对于中国同时代文学持有较浓厚兴趣的榎村巧，回国后竟然自己动手翻译起巴金的作品来也是在情理之中。

榎村巧翻译时所依据的原文应为刊载于《小说月报》第 22 卷第 9 号（1931 年 9 月 10 日出版）的初刊版本（在 1931 年以前阶段，初收这篇的单行集子《光明》还未上梓，只有初刊版本行于世），可谓相当敏感的反应和选择。那么，翻译的水平如何？笔者对于原文和译文进行逐句对照检查一遍，发现译文的正确度和水平大有问题，译者似乎连比较简单的语法都没有掌握好，译错之处颇不少。从今天的眼光来看，说译者"心有余，力不足"亦不为过。

这篇翻译还有一处值得注意，即译者在译文末尾附

《狗》译后记　　　　　　　榎村巧译《狗》第 1 页

加简短的译后记：

【译文】关于巴金，我所知有限，没有资格
详细地介绍，觉得遗憾。然而，就《狗》此一
短篇而言，我认为它以充分的暗示和讽刺如实
地描述中国的现状。世上宣传中国将要站起来，
但是如此说法只是少数知识分子的政治性焦虑
或被肤浅的中国现代化论迷惑的同情之言而已。
与此不同，我们心里要有余裕，脚踏实地去解
开依然未醒的他们之难以理解的谜。要不然的
话，我们对于中国的热心观察也往往会归诸失
败。最后对于畏友曹君① 所赐帮助表示谢意。

译后记中对于巴金和《狗》的直接言及寥寥几句，
简直是片言只语。但是，不管如何，这也可以说是日本
关于巴金最早的"评论"，值得记忆。

本文旨在稀见资料的介绍，至于对如上见解的评价
并非主要目标。但是笔者读了上面译后记后，不无感慨，
不能不顺便赘言几句。

原来《狗》是一篇寓言式的小说，而其寓意极为浅
显，正如译者所言，是对于"中国现状"的"暗示和讽

---

① 应为台湾桃园出身的同届生曹钦源。

刺"。但是译者究竟能否真的理解到迫使巴金撰写如此单纯且露骨的小说的悲哀、愤怒和焦虑？能否深刻地理解到作者的动机而发生情感上的共鸣？巴金撰写《狗》时的感情无疑是真挚的，不仅如此，也可以说是当时已经觉醒了的中国有良知的知识分子普遍共享的感情，而绝对不是什么等待"脚踏实地去解开"的"谜"。或者可以这么说：除非深切认识／感受如此普遍存在着的感情，所谓"中国的谜"就永远无法"解开"。

后来者如我，要当时还年轻且属于侵略民族的译者深刻理解被压迫民族的悲哀、愤怒和焦虑（不能忘记，这篇翻译是在"九·一八"刚发生不久的时候发表的！），如此要求太苛酷了吗？这是一个耐人深思而且颇具现代意义的问题。

2015 年 12 月 23 日于东京寓所

【附录】

饭田吉郎编《现代中国文学研究文献目录（增补版）》所录有关巴金文献一览

［1］榎村巧译《狗》《支那哲文学生会杂志》第 11 号（1931 年 12 月）

［2］崔万秋译《亚丽安娜》《诗と人生》第 5 卷第 10 号（1932 年 10 月）①

---

① 其实崔译《亚丽安娜》不是一次刊完的，《诗と人生》第 5 卷第 10 号只刊载其（一），第 11 号（1932 年 11 月）也连载其（二）。该翻译似乎至第 5 卷第 12 号全部刊完，未详。《诗と人生》杂志相当罕见，在公共图书馆或研究机构中，只有日本近代文学馆收藏有第 5 卷前后，但是在该馆藏书中第 5 卷第 12 号偏偏缺期。既然第 6 卷第 1 期（即 5 卷第 12 号下一期）上已看不到《亚丽安娜》，据此可以推测该翻译是分三期刊完的。顺便要指出：《诗と人生》第 5 卷第 10 号上有《中华民国文坛绍介》专栏（崔译《亚丽安娜》系其一部分），卷头图版页上有几个中国作家的照片，也有巴金的肖像。关于图版，本文页中还有崔万秋撰写的解说，对巴金的经历和作品也有简单的介绍。不知有何理由，饭田目录未录这些。（2016 年 7 月补注）关于《诗と人生》以及崔万秋关于巴金的介绍，看看本书所收《杂考两则》（二）《日本〈诗与人生〉杂志上的巴金》。

［3］井上红梅著《上海の贫民窟》《东亚研究讲座》58 辑（1934 年 8 月）※ 说及巴金《一个女人》（原注）

［4］山田译《知识阶级》《上海》第 937–940 号（1935 年 2 月 20 日 –4 月 5 日）

［5］松浦珪三译《爱の调べ》《日文研究》第 2 号（1935 年 9 月）※《灭亡》中的一节（原注）

［6］山口慎一译《一人の女》《新天地》第 16 卷第 1 号（1936 年 1 月）

［7］氏森幸雄译《幽灵》《大新京日报》(1937 年 11 月 14 日 –20 日)

［8］饭村联东译（单行本）《新生》《现代支那文学全集》第 6 卷（东成社,1940 年 5 月）

［9］山县初男译（单行本）《灭亡》（兴亚书局,1940 年 7 月）

［10］服部隆造译（单行本）《家》上、下（青年书房,1941 年 9 月）

杂考两则

——从一张老照片说起

（一）关于"文艺茶话会"

这里有一张老照片。

这张照片载于曾今可（1901—1971，江西泰和人）的诗集《两颗星》卷头插图页。《两颗星》作为"新时代文艺丛书"之一，1933 年 2 月由上海新时代书局出版。
而同一张照片也登载于曾今可任主编、由新时代书局刊
行的《新时代月刊》1933 年新年号（第 3 卷第 5、6 期合
刊，1933 年 1 月）的插图页上。

对两种版本进行一番比较，就可以知道附记于照片
的说明文字有些微差异。冠在照片上的标题同为《文
艺茶话会在上海法国公园》，对此《两》版添加摄影年
"1932"。照片上几个人物的姓名解说也有所不同：《两》
版对吴曙天加"女士"两字，叫曾今可为"本书作者"；
《新》版写"柳亚子、柳亚子夫人"，而《两》版将他们
合为一，叫"柳亚子夫妇"；《新》版对徐仲年（1904—
1981，江苏无锡人）注记"下排"，而《两》版无此。除
此之外，无不同之处。两种版本都写着摄影者姓名，即
张若谷（1905—1967，江苏南汇［现上海］人）。

据附在照片的说明①，照片中央身着白色西装结好领
带的人就是曾今可，其右边用报纸遮脸的是巴金。曾今
可与其左边的柳亚子以及前排座位上徐仲年他们的视线
都射向照相机镜头，由此就可以猜想当时坐下来的几个
人似乎都意识到张若谷要拍照。与此不同，巴金却用报
纸遮蔽自己的脸面，那或许是因为嫌弃／拒绝被拍照而故

---

① 《新》版的说明如下："《文艺茶话会在法国公园》徐仲年
（下排）、汪亚尘夫人、吴曙天、王礼锡（立在巴金身后）、巴金（正在
看报）、曾今可、柳亚子、柳亚子夫人、黄女士。——张若谷摄"

意做出的有意识行为也未可知。

将各界名人的肖像照片公开登载于刊物上，用以刺激读者的好奇心或窃窥的欲望，以此促进刊物的销售，这是 20 世纪 30 年代以后，不仅以图为主的所谓画报类刊物如此，纯文艺刊物也开始相继采取的促销手法。我们考察中国现代文学发展史之际，这是令人感到饶有兴趣的现象，颇耐人思考。

进入现代以后，随着印刷技术的进步与以铁路、公路、电信等公共设施的建设为前提而成立的物资流通体系的齐备（当然不该忘记报纸杂志等新型文本载体的诞生），文本开始广范围流布起来。原来在现代文学制度中，素不相识的作者与读者以"文本"此一"开放的场域"为中介而缔结虚拟的交流关系。这一点就是现代文学别于前现代文学之最大特征。因此现代文学的读者构成不特定多数的"读者群体"，但对于某一个个别读者来说，其他众多读者的存在几乎不成其为关心的对象。因为独处密室默读文本的读者幻想自己与作者缔结一对一的对话性关系，而在媒体上被暴露出来的作者之脸面会强化读者如此幻想。读者看到作者的实际风貌，再去阅读载于文艺杂志上的闲话逸闻之类，越来越误会自己真的认识作者，竟然以为作者通过作品只面对自己一个人亲切的絮絮私语，越加增强对于作者的感情。结果，这个读者就成为更好的"顾客"、慷慨倾囊购买书刊的"消费者"。

如此想来，就有一个问题会浮现出来："不暴露脸面的作者"，对于读者来说，到底是如何存在呢？如此作者与读者会缔结怎样的关系呢？巴金一直很重视读者的存在，重视作者和读者之间的关系，经常说"把心交给读者"。对如此巴金来说，拒绝暴露脸面又意味着什么？虽然上面提示的只是一张对焦不怎么准的老照片，但是以此为切入口，我们似乎可以开始思考"现代文学的作者和读者缔结什么样的关系？一方对另一方期待什么？""现代文学的读者是什么样的存在？""对于巴金，读者是什么样的存在？"等等一连串"大问题"。

话虽说如此，但我在以下两篇出于希望能够查明包含在这张照片内的一些信息此一动机、多少意识到"连环"形式而写的"小考据" / 杂文中，并不想正面去考察如此"大问题"。对于我个人来说，我却对如上所述"大问题"更感兴趣，但是如此考察，留诸日后，等条件成熟了之后再着手吧。其实，没有"小问题"的阐明，亦即没有事实的实证基础，有关"大问题"的思考也不可能成立。轻视甚至无视细节的思考往往很轻率地、无批判地去承认 / 袭用既定的思考框架，充其量也只引出大同小异的凡庸结论而已。我在此拘泥于以往巴金研究界未与重视的"小问题"，其理由亦在于此。

如上已述，冠在这张照片上的题目为《文艺茶话会在上海法国公园》，而载于曾今可《两颗星》的版本附记

说明它摄于 1932 年。实际上，仅就如此标题所指示信息
而言，仍然有待考据的余地：一为地点"法国公园"，一
为拍摄日期。1932 年在上海法国公园（现复兴公园）开
了"文艺茶话会"的集会，而且巴金、曾今可、柳亚子、
王礼锡、张若谷等也参加这个集会……既然有了这些具
体的条件，确定日期似乎没有什么困难。其实不然。

且看温梓川（1911—1986，广东惠阳人）的回忆如下[①]：

> 1933 年春，上海的一班文人和作家举办
> 了一个集会，叫做"文艺茶话"。记得当时的发
> 起人是章衣萍、孙福熙等，第一次的集会地点
> 假座法租界法国公园举行。……第一次集会是
> 在二月中旬的一个中午，那天参加的文人作家
> 不少，差不多在上海的作家都参加了，……第
> 一次集会后，作专题演讲的作家的讲稿还被汇
> 集起来，刊行了一本刊物叫《文艺茶话》。……
> 第二次集会也是在法国公园。第二次集会的人
> 比第一次更多，南社的作家如柳亚子、林庚白、
> 胡怀琛等也出席。从来不肯照相的巴金，在那
> 次集会上，也给人拍了照刊在第二期的《文艺
> 茶话》上，只是面部还是不能给读者窥一个全

[①] 《文艺茶话》。《文人的另一面》（广西师范大学出版社，2004
年 1 月）所收。

貌，给报纸遮了个半面，有点叫人觉得煞风景
而已。/第三次集会，不知怎的，改在美专举行。

时隔多年后的所谓回忆类之可信性往往可疑。虽然
温的记述极为具体，但是除了用报纸遮蔽自己脸面的巴
金之照片登载于杂志上此事以外（刊物名称就有误），他
的记忆几乎都有错，令人惊讶。记错在哪里，将在以下
的叙述中依次明了。

"文艺茶话会"是 1932 年上海文艺界人士自发组织
的、互相交流、增进友谊的民间活动。其缘起如下：孙
福熙在他自己编的《中华日报》副刊《小贡献》第 5 号
（1932 年 6 月 5 日）上发表了题为《星期日做什么事？》
的文章，提出了如何有意义地过假日的问题。对此，徐
仲年及时反应，在《小贡献》第 12 号（6 月 12 日）发表
了《提倡星期茶话会》一文。长期留法的徐仲年提议不
妨定期举行仿照法国"沙龙"的文化活动：

    我想我们不妨仿制一番。我们大家是两袖
清风的教授或学生，我们不必要谁请客，我们
自己请自己：大家搭分子出钱来买茶点，岂不
痛快！至于女主人，有劳多才美貌的春苔夫人
一当，内子亦可帮忙。我生性是一个"霹雳
火"，立等读者先生们的赞助，并望星期茶话会

早早实现。

以"霹雳火"自任的徐仲年的期待终于未被辜负，第一次茶话会就在下一周星期日即1932年6月19日举行。温梓川的回忆说第一次文艺茶话会于1933年2月中旬举行，这是他记忆的第一个错误。

关于这第一次及下一周第二次茶话会的情形，孙福熙在《小贡献》上撰文介绍。至于孙的文章，稍后再提，先看看徐仲年的文章《春风不愁不烂漫（上）》《于役武汉忆"文茶"》[①]。该文对于文艺茶话会的性质、酝酿迄成立的过程、主要成员及参加人士等有比较详细的介绍。

徐概括茶话会的性质如下：

> 茶话会并没有什么稀罕，人人参加过；甚而约友上茶馆，有"茶"有"话"，也可以算作茶话会。但是这个文艺茶话会，确有它的特点。第一，它是一个无组织的自由集团，它没有会长、秘书长等等，更没有会章那一套，谁愿意参加，谁都可以参加，谁有时间参加，谁就参加。它只有四个"主催人"：黄天鹏、孙福熙、华林、徐仲年。主催人等于干事，每周负

---

① 收在《旋磨蚁》（正中书局，1948年10月）。

责筹备，没有"权"，更谈不上"利"。第二，它是一个纯文艺集团：茶话会中只谈"文"与"艺"，不准谈政治（免得为野心家所利用），不准批评宗教（避免无谓的争执）。第三，在原则上，会中不分宾主：赴会的人，各出各的茶资。如赴会者邀请客人，他兼出所邀者的茶资。第四，这个集团，开会时存在，闭会即散掉。我们希望每位赴会者有：自由自在、自主、友好之感，我们充分达到了这个目标！而它的特点中的特点，也可以说空前的提点：没有一丝一毫的功利主义存乎其间！

关于茶话会的形式，徐如此描述：

星期日早晨，《时事新报》上，刊登这么一个广告："文艺茶话会（以上大字）兹订于×月×日，星期日，下午两时半，假座于×××，举行第×次茶话会，每位茶资半元（最多时一元），欢迎踊跃参加！"（以上老宋四号）除了地点每周更动外，其余如：日期、时间、所登的报，甚而广告地位，都是固定的：很容易查，也很容易记忆。开会时，绝无形式，以谈天为主；有时有小演讲、小音乐会、小展览会，以及魔术表现等等。有时举行远足或短距旅行。参加的人，不问男女，不问老幼，不问派别，不问有名无名，一概欢迎。

至于第一次茶话会的具体情况，如上已述，孙福熙有题为《文艺茶话第一次》的报告如下[1]：

> 连日梅雨，到了星期日，更是闷人无路可走。有一班文艺朋友，却以星期茶话会，来倾吐他们的沉闷。/二十一年六月十九下午四时，不管雨下得怎么大，朋友们都冒雨准时到环龙路花园别墅。房间很小，却有蔷薇与百合花的布置，扩大了天地。/满满的人丛中，主人刘雪崖女士，起立唱名介绍各人。其中有许多有趣的头衔："陈抱一先生，美丽的封面家"（因为他作文提倡刊物的美化）。"章衣萍先生，女子书店的姑爷，因为章太太是女子书店的老板。李唯建先生。美丽的死赞美者。华林先生，诗人，可惜有一点胡子，这不是古典，明天的《小贡献》上可以见到。"最后介绍："孙春苔先生，搁笔的画家。"/主人进茶点，于是各人自

---

[1] 《小贡献》第 22 号（1932 年 6 月 22 日）。

由谈话，自由饮食。

举行第一次茶话会的地点是发起人之一孙福熙之位于法租界环龙路（现南昌路）花园别墅3号的私宅，非法国公园（虽然法国公园距孙宅不远）。这是温梓川记忆的错误第二。

孙福熙的报告旨在茶话会氛围的传达，对于具体信息的记录和保存并不怎么留意，当天的列席者究竟有谁也没有一一记录。关于这一点，还是据徐仲年上面回忆确认一下。文中"春苔"是孙福熙的字：

> 第一次茶话会是在环龙路花园别墅三号，春台府上举行的，由春苔、雪崖（孙太太）招待。出席者：沈尹默、李唯建、黄庐隐、盛成、孙泰和、华林、汪亚尘、章衣萍、吴曙天、黄天鹏、陆兰勋、徐蕙芳、徐仲年等十五六人。

据此可知第一次茶话会的与会者只有十五六名，不像温梓川所说那样"那天参加的文人作家不少，差不多在上海的作家都参加了"。

温梓川还说第二次集会也在法国公园举行，而且照片是那时拍摄的。但是，参加第二次文艺茶话会的孙福熙还是记录了那次集会的情况，据此可知举行第二次文

艺茶话会的地点不是法国公园，而是北四川路的茶社
"新雅"[①]。孙文很短，不妨抄引全文如下[②]：

> 文艺茶话第二次（二十一年六月二十六
> 日），地点在新雅楼西厢，这一次，谈话的生
> 活，被作画的生活所充填了。/到会以后，大家
> 谈锋甚健，对于华林先生的胡子，大家都有所
> 讨论，后来，有人提出要我为他画肖像，于是
> 大家都画起来了。/当初在茶楼的纸单上随便作
> 画，后来有人去买了大纸一大卷。笔呢，有身
> 边的自来水笔，有茶楼写字用的毛笔，有堂倌
> 记帐夹在耳朵边的铅笔。其中以陈抱一先生画
> 钟女士的《沉思》，最得神韵。

从以上所指出几点看来，温梓川回忆文章之不可置
信已经很明显。

不管如何，"一·二八"激战留下来的伤痕仍未愈合
的 1932 年 6 月份，竟然有了建立文艺乐园的尝试，这还
是令人惊叹不已。前面所引徐仲年的文章中有一段记述：

[①]　关于这家茶社，详见文彦《在"新雅"见》（《文汇报·笔
会》，2016 年 6 月 10 日）。

[②]　该文发表在《小贡献》哪一期上，不详。在此据徐仲年《于
役武汉忆"文茶"》所载引用。

那时候，我们的同人刊物有《美术生活》《文艺茶话》《艺风》《艺术周刊》《弥罗周刊》《新垒》《文艺春秋》。每周如有刊物出版，主编者必携带赴会，分送会友。

由此似乎可以说，如此不囿于狭小圈子的各色文学家，尤其与艺术界保持紧密联系①，跟当时的文坛上占到一大势力的左翼文艺队伍划清界限而开展过具备一定规模的文艺活动。关于他们文学家、美术家活泼的活动是以往的文学史排斥在叙述范围、研究视野之外的，仍有

----

① 文艺茶话会的中心成员孙福熙是个画家，华林虽非实作家，但素以艺术论著名。其他参加者中有陈抱一、汪亚尘、刘海粟、朱屺瞻等画家，由此可以理解文艺茶话会的"文艺"里面美术占到相当重要的位置。《小贡献》第93号（1932年9月2日）《消息》栏所载第12次茶话会预告如下：

文艺茶话会定于本星期日下午三时，在金神父路爱麦虞限路中华学艺社举行。该处正在开刘狮个人展览会，故文艺家多约在该处约会。

至于这一次茶话会的内容，《小贡献》第97号（1932年9月6日）《消息》栏中有简单的报告，据此可知演讲者中有刘海粟。据《小贡献》第128期（1932年10月8日）《消息》栏所载第16次茶话会预告中有记载如下：

本周文艺茶话会定于国历十月九日下午三时在法界福开森路三九三号世界学院举行，该院有新华艺专教授作品展览会，可以参观。

研究余地①。虽然如此，在此这个话题不再展开。让我们回到一张老照片何时拍摄的问题吧。

如上已述，第一次文艺茶话会于1932年6月19日举行。我们一看照片就可以看得出来，照片上的人物都身着夏衣。上海这个地方再热也10月份已经不宜穿上白白的夏衣或像站在巴金身后的王礼锡、柳亚子夫人（郑佩宜）、吴曙天（当时还是章衣萍夫人）及汪亚尘夫人（荣君立）那样穿短袖衣服。那么，我们可以排除照片摄于10月以后的可能性，将拍摄时间的范围定在7月3日（第一次及第二次已除外）至9月25日（10月以前最后周日）之间。

为了确定照片的拍摄时间，照片上诸人当时的足迹也可以成为线索。基于如此思路，先去确认巴金1932年

①　徐文所列几种刊物中，可视为文艺茶话会"会刊"的《文艺茶话》创刊于1932年8月，月刊。文艺茶话社主编（第4期以前章衣萍担当业务工作），上海嘤嘤书屋发行。温梓川在其回忆中说"第一次集会后，作专题演讲的作家的讲稿还被汇集起来，刊行了一本刊物叫《文艺茶话》"，其实徐仲年所列举的第一次集会参加人与《文艺茶话》创刊号上发表文章的人不尽一致，而且其内容也不像是当天演讲内容的再现。至于以该刊为主题的文章直至今天依然很少。应国靖《平平庸庸的〈文艺茶话〉》（《现代文学期刊漫话》，花城出版社，1986年，所收）是注目于《文艺茶话》月刊的比较早期的文章。据我管见，之后似乎没有出现过有分量的专题文章。

关于《艺风》月刊，最近出版了石晶《时风与艺风——〈艺风〉月刊（1933.1—1937.3）研究》（吉林大学出版社，2013年10月）。这是一部研究《艺风》月刊以及当年围绕艺术界、文艺界一些情况的相当全面的专著，书中说及文艺茶话会与《艺风》的联系及人事方面的交叉，可以参考。

下半年的足迹如下：9月初旬经过南京到青岛，寄住新婚不久的沈从文家，大约一周之后经山东济南到天津，见三哥尧林，不久去北平，住几天缪崇群家后，再到天津，跟三哥同住一段时间，10月初旬结束此次北行，回上海。由此可知整个9月份巴金不在上海，那么他无法参加9月份的文艺茶话会。如此，我们又可以把9月份拍摄照片的可能性排除掉，缩小范围了①。

---

① 巴金于1928年底从法国归来，暂居闸北鸿兴路鸿兴坊75号上海世界语学会，然后迁移至宝山路宝光里14号与索非同住。这地方于1932年"一·二八"的炮火归于灰尘。"一·二八"当时的巴金恰恰在北上的途中，在南京见几个老友，战局愈加紧张起来，进退维谷。后来得悉上海终于开火，他居住的闸北一带成了主要战场，不辞千辛万苦回到了上海（此间情况，详见《从南京到上海》）。他暂时居住在法租界亚尔培路、福履理路交界处步高里52号，基于"一·二八"的冲击和对侵略者的愤怒，写了寓言小说《海底梦》，之后搬到环龙路志丰里11号舅父陈林的寓所。不久，他第二次去福建旅行，5月上旬才回到上海，而在此期间舅父一家搬到附近的环龙路花园别墅1号。虽然1932年间的巴金在外面跑的时候多（与舅父一家同居，或许有顾虑），直到1933年以前，这里可以说是他在上海的固定住址。如前已述，孙福熙居住在花园别墅3号，第一次集会也在孙宅举行。1932年阶段还与茶话会中心人物过从甚密，主编第4期以前《文艺茶话》的章衣萍也住在花园别墅25号。原来文艺茶话会的早期活动在巴金寓所附近展开的。孙福熙他们得知巴金也住在附近，邀请他参与……如此推测或许可以成立。再说，文艺茶话会的骨干分子如孙福熙、徐仲年、华林等均与法国里昂中法大学有深浅不一的关系。虽然巴金没有留学中法大学，但也是法国留学生出身，这或许是他之所以能够受邀参与茶话会的"资格"之一。与此相反，当初与茶话会保持紧密友好关系的章衣萍到了翌年就和孙福熙交恶起来，以致与茶话会同仁分道扬镳，其间当然有种种复杂的原因起过作用，但是我却猜想，因为章和"法国"没有任何关系，所以他对这个"法国色彩"浓厚的"圈子"逐渐感到某种异化感……这或许是原因之一。

《文艺茶话》第 1 卷第 7 期（1933 年 2 月）所载徐仲年《上海〈文艺茶话〉的产生》一文记录了到 1933 年 2 月底为止各次集会的举行日期。据此，6 月 19 日以后 8 月底以前共 11 个周日，都举行了集会。如前已确认，巴金确实没有参加第一次集会。6 月 26 日、7 月 3 日、7 月 10 日三次集会，巴金能否参加，其实微妙。因为他 5 月初旬从福建回来后，就开始写《沙丁》，6 月份把它完成后就动身第三次去福建旅行，到了 7 月份才回到上海。

举行第 5 次茶话会的 7 月 17 日以后一直到举行第 11 次集会的 8 月 28 日，这期间巴金没有离开上海，按道理每次集会都可以参加。照片也应该是这 7 次集会里面的某一次被拍摄的。

其中，关于 7 月 17 日于威海卫路 150 号中社举行的第 5 次茶话会，曾今可在抄写当天部分日记的散文《文艺茶话会回来》中有所记录[1]，巴金的名字在这篇文章中没有出现，而且当时曾开完会后也直接回家了。那么，7 月 17 日集会确非拍摄照片的一次。

7 月 24 日 6 次茶话会会场还是中社。但开始时间临时有变更，晚上 7 点半才开始[2]。这一次也可以除外。7 月

---

[1] 原载于《时事新报》1932 年 7 月 24 日。后，收在《小鸟集》（新时代书局，1933 年 1 月）。

[2] 据《时事新报》7 月 24 日报道。

31 日第 7 次茶话会在跑马厅对面华安公司（即华安合群保寿股份有限公司大楼，现金门大酒店，位于南京西路 104 号）8 楼举行。关于这一次集会，有徐仲年的记录[1]，说与会者不多，也没提到巴金的名字。这一次也除外。8 月 7 日第 8 次茶话会在八仙桥青年会举行，开始时间是晚上 7 点，那么这次也不是。8 月 14 日第 9 次在南京路冠生园总店 3 楼举行。关于此次集会，还是徐仲年在《春风不愁不烂漫（下）》（一）《恢复〈文艺茶话会〉》中有所回忆[2]，其中没有提到巴金，这一次亦可从可能性中除外。

8 月 21 日第 10 次茶话会在八仙桥青年会举行，下午 3 点开始。如果这里的茶话会很快结束的话，八仙桥到法国公园不算很远，将会场移至法国公园继续集会的说法似乎勉强可以成立。但是看看之前几次集会的情况，都没有换过会场。还是把这个可能性除外为妥。如上看过来，拍摄照片的机会就仅剩一次，即 8 月 28 日第 11 次集会[3]。

照片中有柳亚子也可以旁证 8 月 28 日说。《小贡献》

---

[1] 《从"茶话文艺"归来——致未能出席的春苔夫妇》（《小贡献》第 67 号，1932 年 8 月 7 日）。

[2] 收于《旋磨蚁》。

[3] 关于这一次集会，我至今未找到直接说及的资料。

第 73 号（1932 年 8 月 13 日）《消息》栏有以下记载：

> 文艺茶话会本周（八月十四日）星期日下午三时半，在南京路冠生园总店三楼举行。《文艺茶话》月刊第一期，星期日可以出版，到会者可以分送。此次有新会员柳亚子、柳无忌、朱少屏诸先生加入。并由会员讲演云。

据此预告可以知道，柳亚子是从 8 月 14 日第 9 次以后才参加文艺茶话会活动的。既然柳亚子出现在照片里，那么似乎可以推定照片是拍摄于 8 月 28 日的。

证实这个推论的终极材料，当然首推徐仲年所记举行茶话会的当天登在《时事新报》上的开会通知启事。很遗憾，《时事新报》在国外无法查阅，所以我就麻烦巴金故居李秀芳女士代查 1932 年 6 月 19 至 8 月 28 日之间该报每周日各个版面。很意外，上海图书馆所藏该报 8 月 28 日版面上竟然找不到徐仲年所说那样的启事，只找到了 1932 年 7 月 3 日第 3 次开会预告如下：

> 文艺茶话会
>
> 今日在兆丰公园开会
>
> 文艺茶话会，定于今日下午二时，在极司

文藝茶話會

今日在兆豐公園開會

文藝茶話會、定於今日下午二時、在極司非而路兆豐公園內咖啡館舉行、自由加入、不必介紹、如天雨而人多、當在那裡臨時改變地點云

非而路兆丰公园内咖啡馆举行，自由加入，不必介绍，如雨天而人多，当在那里临时改变地点云。

徐仲年说"星期日早晨，《时事新报》上刊登这么一个广告：'文艺茶话会（以上大字）兹订于 × 月 × 日，星期日，下午两时半，假座于 ×××，举行第 × 次茶话会，每位茶资半元（最多时一元），欢迎踊跃参加！'（以上老宋四号）。除了地点每周更动外，其余如日期、时间、所登的报，甚而广告地位，都是固定的"，其实不然。一看上面启事就知道早在 7 月 3 日的启事已非如此。

既然在其他周日《时事新报》的同一版面同一位置找不到启事，我们也不能不说他的记忆有误，甚至怀疑他回忆本身的可信性。因此，在目前阶段，我根据以上推测，只能以"照片的拍摄日期为 8 月 28 日"为暂时的结论[①]。

　　没完没了写了一大堆"推测"，其实对我个人来说，以法国公园为会场的文艺茶话会到底何时举行此一问题能否解决并不重要。不厌其烦地确认每次茶话会的举行日期和地点等，通过此一工作，我重新感到奇怪的是，巴金这个人，即使以非虚构体裁叙述自己的行踪、所参与活动等涉及"事实"的内容，也几乎都不采用"记账"式的叙事方式。我更对此一特征感兴趣。这篇芜杂的文章主要确认了巴金 1932 年的足迹，而这一年对他的文学、他的思想来说是具有重要意义的标志性一年[②]。但是，巴金不给我们透露何时何地见何人等信息，至少在公开发表的文章中，没有透露过。

　　这些具体的"信息"或许有可能在没有公开发表意图的私人日记里面有充分的记录（我不知道当年的巴金

---

　　①　附带说明一下。至少在第十次以前，茶话会都在室内举行。虽然如此，也不是没有野外露天举行过。徐仲年《于役武汉忆"文茶"》回忆说："某次茶话会恰值中秋，便改在晚间，假座环龙路马思南路口的中法联谊会草地上举行。"

　　②　我们考察巴金的思想发展道路，尤其是无政府主义之"质变"此一问题之际，不能忽视集中于这一年的闽南之行。关于这个问题，我曾在《巴金与福建泉州》（《巴金论集》所收）一文中讨论过。

有无记日记的习惯）。不管如何，我本人更倾向于想象巴金将公开发表给读者看的文章和私人的书写截然分别看待，自觉地回避采取"记账"式的叙事体裁。我认为巴金如此态度，竟然与我曾经在《动摇的虚实／叙事，或者"文学性"的源泉——在沙多－吉里 Château-Thierry 思考的事》一文（收录于本书）中所指出巴金小说的特征——在作品中并不追求"事实的再现"，也并不为了增强再现性描述的真实性或可信性而细细地记录历史事实等，却有意图地将具体的信息数据之类从文本排除掉，使读者的兴趣和关心导向在更普遍的问题上面———脉相承。

这种"特征"，即公开发表的文章中拒绝提供信息数据、拒绝过度倚赖"事实"的写作特征，在我们思考巴金对于文章的公开发表此一行为，以及对于与读者缔结交流关系的中介／"场域"的文本，到底有何想法这些问题之际，或许可以成为有效的切入、有力的线索。巴金很有可能对于文章的"公私"持有相当明确且坚决的态度……我如此猜想。

如此想来，我觉得问题就会与本文开头部分所说及"不露脸的作者"这个"大问题"也衔接起来。如前已述，作者不仅仅依靠文字作品，还敢将自己的脸面都暴露给读者"欣赏"，这是给作者与读者之间"虚拟的交流"以某种现实性，并强化读者的幻想的奸计或一种游戏。但是游戏究竟是游戏，如此类似游戏的"交流"与巴金所希望的以欢乐和悲哀等感情或普遍于人类世界的问题之共享为旨的"心灵的交流"，恐怕有本质性的差异吧。

"不露脸的巴金"的照片曾给温梓川留下了几十年没有磨灭的深刻印象，我却从这张照片开始，胡思乱想了以上一些"问题"。

（二）日本《诗与人生》杂志上的巴金

以一张老照片为起点的、漫无边际的"连环"性思考和考据还要继续下去……

在 20 世纪 30 年代前半一段时期，巴金曾经跟曾今可、新时代书局、《新时代月刊》有过比较密切的关系[①]。关于此一情况，李存光先生介绍《巴金全集》和各类书信集没有收录的公开书信《北游通信》之际所附记解题《关于巴金 1932 年 9 月的三封佚简——兼谈巴金与曾今

---

① 在此可以追加朱梅子（朱梅，字梅子，1909—1991，四川荣县人）1931 年在上海法租界蒲柏路开办的马来亚书店和《马来亚半月刊》的名字。参与新时代书局和《新时代月刊》之前的曾今可曾一度担任过《马来亚半月刊》的主编，而巴金给这个刊物供过稿。巴金和梅子也有过亲密的联系，还给梅子《争自由的女儿》写过序文。

可》中做过周到的梳理①，我也不感有对此加以补充的必要。李先生在这篇文章中说巴金在《新时代月刊》上发表了共五篇著译，不知何故，没有说及巴金在第4卷第2期（1933年3月1日出版）上发表过《写作生活的回顾》。这一点遗漏，我想在此补充一下。

我猜想，李存光先生之所以在这篇文章中详细地确认并介绍曾今可此人，因为在今天通行的文学史记述中很少出现曾的名字，这个人物在大多数人的心目中几乎没有印象之故。如果说"曾今可"的名字在现代文学研究者的头脑里还留下些微印象的话，那就靠以下两个原因吧：第一，他提倡过古典词在现代的再生，在自己主编的《新时代月刊》第4卷第1期（1933年2月1日）"词的解放运动专号"上展开己见。而他自己的词作《新年词抄·画堂春》中有"偶然消遣本无妨，打打麻将。都喝干杯中酒，国家事管他娘"之句，如此玩世不恭的态度被视为不合时宜，受到舆论的严厉批判；第二，曾今可和崔万秋（1904—1992，山东莘县人）在1932年前后过从甚密，但不久之后就闹翻，互相在报纸上连发攻击对方的启事，给当时的文坛提供了闲话的丰富材料。

关于以上文坛小插话，近年来有不少研究和掌故类

---

① "巴金研究集刊"7《讲真话》所收。

文章提起 ①，我不想在此一一确认。但是，上面所说小插话之第二即"曾崔之争"，巴金也间接地有过瓜葛：曾崔纠纷之过程中成了重要舞台之一的日本刊物《诗与人生》登载崔万秋对于巴金的介绍及其作品的翻译。因为刊物是日本出版的，所以本土的巴金研究没有说及此事。鉴于此，从"一张老照片"开始的连环式杂考之二，我想介绍围绕这份稀见刊物的一些情况。

虽然我在上面声明了不重新确认"曾崔之争"等"小插话"的具体内容，但是为了展开话题的方便起见，最起码的介绍还是需要的。在此，我想引用《新垒文艺月刊》第2卷第1期（1933年7月15日）所载题为《崔万秋与曾今可之火碰》的"闲话"全文以代替介绍：

---

① 据我管见，回忆录类文章有温梓川《文人的另一面》所收《崔万秋的启事战》《曾今可被骂留名》，曹聚仁《听涛室人物谭》（三联书店，2007年8月）所收《谈曾今可》等。作为研究论文，巫小黎《鲁迅与曾今可及其他》（《中国现代文学研究丛刊》2007年第3期）算是比较周到的梳理。掌故杂文、资料介绍之类有陈雪岭编著《民国文坛公案》（江苏古籍出版社，1998年10月）所收《曾今可出乖露丑》、张泽贤《民国出版标记大观》（上海远东出版社，2008年11月）所收《新时代书局》、李勇军《再见老杂志——细节中的民国记录》（北京工业大学出版社，2010年3月）所收《"词的解放"国家事管他娘》、房向东《谁踢得一脚——鲁迅与右翼文人》（青岛出版社，2014年1月）。网上流传的文章中，黄恽写于自己博客《煞风景集》http://blog.sina.com.cn/s/blog_5e8246090102vgs0.html（2016年7月8日阅览）的《懂得现代营销术的曾今可》对于"曾崔之争"经过的梳理很清楚，可参考。

上海《大晚报》副刊《火炬》编者崔万秋
与《新时代月刊》编者曾今可，初为好友，崔
曾将曾所著之诗集译刊于日本报纸杂志，曾则
时在《新时代》上捧崔，互相标榜，为日已久，
近不知何故，崔曾忽而交恶，崔在报上刊登启
事，声明曾著之《两颗星》上之《代序》非其
所作，又谓《代序》中所云之女诗人横山喜代
子系一打字生，所云之教授饭田雪雄系一中学
教员。此启事刊登之次日，曾亦登一启事，谓
《代序》乃摘崔之来信。并谓崔当日亦很愿意如
此，言之证据凿凿。末谓"唯能力薄弱，无法
满足朋友之要求，遂不免获罪于知己"云云。

又崔万秋在登启事之同日，在《大晚
报·火炬》上发表一文，题名《文氓》，虽未直
骂曾今可，然于其所题《好评一束》，人皆知为
骂曾者，曾究将以何为报，此刻尚未可知，互
相标榜为始，互相攻讦以终，为目下沉寂之文
坛，实开一新局面。（波）

关于《新垒文艺月刊》这个 1933 年 1 月创刊于上海
的刊物（李焰生主编，1935 年 6 月停刊），目前还不明了
的地方较多，它对于左翼文艺基本持有批判的态度，也
有看法把它归到民族主义文艺一派中去。但这些倒无关

紧要。我之所以把上面引用叫为"闲话"，因为该刊多载不负责任的热讽冷嘲式小文章，不合事实的信息也无顾忌地予以登载。在此仅举一个与本"杂考"有关的例子来窥见该刊的论调。接着上面所引《崔万秋与曾今可之火碰》，就载着附有同一署名"波"的小文章《〈文艺座谈〉与〈文艺春秋〉》。全文如下：

> 今年是中国文艺坛热闹的年份，七月份又新出版了两种刊物，一为《文艺春秋》一为《文艺座谈》，前者为章衣萍所办，专以攻击其已脱离关系之《文艺茶话》中诸人，后者为曾今可、胡怀琛等所办，意在反攻其攻击者。二者目标虽稍有不同，要之，其为报服〔复〕之目的则初无二致云。（波）

章衣萍主编《文艺茶话》编到第4期后就辞掉编辑职务，之后业务方面没有做好交代①，居然惹起了金钱上的纠纷，尤其与孙福熙交恶，激化对立②，这些都属实。

---

① 载于《文艺春秋》创刊号卷头的《章衣萍启事》说章确实做过订户及账户的交代。

② 出版《新垒文艺月刊》的新垒文艺社在南京设有分社，出版《新垒半月刊》。该刊第1卷第2期（1933年9月1日）所载麦浪青《上海通信·孙福熙章衣萍交恶记》，虽然其论调稍嫌袒护孙福熙，但比较客观地梳理了"交恶"的过程。

但是曾今可只是作为一般的与会者参加文艺茶话会而已，似乎与"章孙之争"保持距离。《文艺座谈》与《文艺春秋》同时，于1933年7月1日创刊，曾今可主编，由新时代书局出版。该刊的几乎全部撰稿人都是包括孙福熙在内的《文艺茶话》一派。实际上曾今可与章衣萍之间没有存在过明显的对立或纠纷，至少在我能够确认到的《文艺座谈》各期上，虽然能发现到有关"曾崔之争"的文章，却找不到攻击章衣萍的文章。上面的小文章"唯恐文坛不乱"的态度很明显，可谓不负责之极，真不愧为"闲话"之称。

话虽说如此，但是《崔万秋与曾今可之火碰》却与此不同。该文有关"曾崔之争"经过的记述，限于其所记内容而言，与我查阅其他资料而得以确认的经过基本上没有出入，可谓比较公允，在有限的字数里面非常扼要地梳理纠缠的原因和经过。对此，再加上曾今可在《文艺座谈》第1卷第3期（1933年8月1日）上所发表《曾今可启事》中暴露的曾崔之间金钱方面纠纷之细节，可以说构成两者对立原因的一些事实基本上都明了了。

关于曾今可其人。在前一篇也引用过几次的温梓川《文人的另一面》里面有一段关于曾今可的分析：

　　　那时新时代书店的业务似乎很鼎盛，出版
的单行本也不少，但似乎都是曾今可自己的作品居多。我记得他的第一部书是一部短篇小说集叫做《法公园之夜》，第二部书是《爱的三部曲》，是一部诗集。这部诗集，居然一口气印行了三版，几达一万多本。诗集而能这么流行畅销，在当时，实在算得是奇迹。……而我倒觉得他这部诗集之所以畅销，诗写得好不好是另一回事，广告做得出色，能够收到相得益彰的效果，也是一个原因。

我认同温梓川如上印象和分析。我们一打开《新时代月刊》，浏览页面就可以知道，曾今可很懂得"宣传"的效应，滥发抬高自己身价的自我宣传，无节制地刊载自己著作的广告。以他自己的词集《落花》①为例，载作品的本文部分只有 64 页，之后附载题为《好评一束》的诸家评语（从文字上看，这些似乎都是答谢见赠的私人书信之摘录），这个部分竟达 12 页之多，不仅如此，还在卷末附载自己著作的广告 6 页，已到了恬不知耻的地步。

再看《两颗星》自序，作者得意扬扬介绍了邵洵美对标题《两颗星》之作赞不绝口，说"……那首《两颗星》写得好极了，很有法国诗的意味。……实在是好极

① 新时代书局，1932 年 8 月初版。

了，今年以来我还没有看到过这样好的诗哩！……一直到现在，我还是觉得你那首《两颗星》真好！我还没有看到别的好诗"如此"逸话"。即使真的有过那么回事，但是将对于自己的褒词都写进自序中去，其脸皮之厚还是到了令人惊讶甚至不齿的程度吧。

这虽然只是我个人的印象，但就我能看到的几部书而言，曾今可的小说和新诗基本上都拙劣，如何也算不上入流之作。散文，如收在《今可随笔》的寓言和文坛逸闻等极为浅薄无聊，不堪卒读①。只有他的一些旧体词（其实是使用新韵不依旧韵的"仿词"自由体抒情诗），较巧妙地运用这种抒情诗的形式和特点，写得还不错。

总之，曾今可虽然缺乏突出的才华，但跻身文坛的欲望偏偏炽烈，为了实现如此欲望，简直不择手段，敢散布自己的虚像而不惮，一句话说是个典型的附庸风雅式人物。如此想来，他利用崔万秋的私信作为"代序"时候（暂且不问崔万秋是否允许），对于自己诗作在异域

---

① 北新书局，1933年4月初版。该书题称"随笔"，实际上是短短寓言和文坛逸闻连篇的体裁。其中，说及巴金的共有6则。仅举一条"浅薄无聊"之例如下：

某天的一个下午，天是下着细雨，觉得很无聊。正好华林先生来访，得破岑寂。不久巴金先生也来了，谈了一会，华林先生发起到四川馆去吃饭，于是邀着一波、安仁，连我五人，一同到麦家圈一家小四川馆，在楼上坐下。川菜多辣味，华林先生对巴金、一波二位说："四川菜这样厉害，四川人也是很厉害的！"

的翻译者竟为女打字员和中学教师感到不满，擅自把女打字员改为女诗人，把中学教师改为大学教授，我想大有可能。

前面提到的《文艺座谈》所载曾今可的辩明/宣言《曾今可启事》中有段话如下：

> 崔君所说他"留日朋友郁达夫"，在崔君的《东京交游记》一文中叙述他自己在东京和日本人同去逛妓院时也提到"郁达夫……"，后来该文排好了，崔君到我这儿来把那一段勾去的，他说"免得得罪人"。当时巴金先生也亲眼看见。（半年来我第一次提到巴金先生的大名，好在是别无作用，读者当不致疑我是意有"高攀"吧？）

这是曾今可攻击崔是言行不一致、表里不一的两面派人物的一段中所暴露内幕，且不管曾所说是否属实，我却注目于他竟将自己与巴金的交往说为"高攀"这一点。这不是自相矛盾、不打自招吗？他既然知道特别提起巴金"大名"会招来"高攀"的嫌疑，那么在《两颗星》自序中提到巴金热情地替他修改诗作，还将有关修改过程的内容也包含在内的《北游通信》发表在自己主编的《新时代月刊》上，这些行为不就成为"高攀"吗？

这种行为与上面已述曾今可之擅长自家宣传、沽名钓誉的作风综合起来看，巴金替《两颗星》修改文字此事本身是否确实有过也就有些可疑起来：强调与巴金交往之亲密，难道是为了粉饰作品之拙劣而杜撰出来的虚构吗？我总觉得《北游通信》的笔致语气与巴金其他公开文章有所不同，但目前也缺乏能够判定曾今可确实对巴金的书信进行过修改甚至篡改的确凿证据，在此也不再揣摸，以下就开始"曾崔之争"中占到重要位置的日本刊物《诗与人生》的介绍。

据以上粗描不难猜测到，对于无论如何也要在文坛上占到一席之地的曾今可来说，自己的作品竟然刊登在异域的刊物上，这一定是满足他自我表现的欲望、刺激虚荣心的事。且不问实情究为如何，当初崔万秋确实为了曾诗的翻译和介绍卖过力，而曾也给崔提供过一些方便，两者相当默契配合。崔万秋留学广岛高等师范、广岛文理科大学，留日时间长达十年，可称为"日本通"，而从留学期间开始，勤于日本文学的华译，尤其是武者小路实笃作品的翻译居多[1]。他跟武者小路其人也有过直

---

① 崔译武者小路实笃作品有：《母与子》（真善美书店，1928年3月）《孤独之魂》（中华书局，1929年4月）《武者小路实笃戏曲集》（中华书局，1929年4月）、《忠厚老实人》（真善美书店，1930年2月）等。

接的交流，武者小路及其当时的情人真杉静枝竟在崔的长篇小说《新路》中实名出现[①]；1929 年 8 月份崔访问武者小路时，请求武者小路挥毫写其自作短诗，而这个手墨影照就刊登在《新时代月刊》第 4 卷第 4·5 期合刊"创作特大号"（1933 年 5 月 1 日）的卷头插图页上[②]。这一期《新时代月刊》上还载有崔《东京交友记》。原来崔利用大学快毕业前 1932 年 12 月 20 日至翌年 1 月 31 日之间的寒假，在东京逗留了 40 天，而《东京交友记》记录此间活动，主要是访问日本文学家时情况，是一篇饶有兴趣的访问记[③]。其中有一段记述如下：

> 生田花世这位老女作家，曾在她所主编的《诗与人生》十月号出了一个《中国文学专号》。这专号的大半是我帮她的忙。所以生田对我表示非常感谢。

---

① 《时事新报》《大陆报》《大晚报》《申报电讯》四社出版部，1933 年 11 月。

② 关于这次访问，崔写了《武者小路访问记》（《真善美月刊》第 4 卷第 6 号，1929 年 10 月 16 日）。

③ 回广岛的前一天，崔访问过当时流亡在日本的郭沫若。曾今可托崔将自己的著作《一个商人与贼》赠给郭沫若，崔以此为理由直接访问，不巧当时郭不在家，未遇。关于这次访问，崔写了题为《郭沫若在日本》的文章，发表在《新时代月刊》第 4 卷第 3 期（1933 年 4 月 1 日）。

我要在下面介绍的正是这份《诗与人生》1932年（昭和7年）10月号（第5卷第10号）。

《诗与人生》的前身是诗人生田春月（1892—1930）于1921年（大正10年）8月创办的月刊《文艺通报》。《文艺通报》1923年3月出至20期后改名，成为《诗与人生》，再出至第4卷第9号停刊[①]。生田春月于1930年投海自尽，其妻花世（1888—1970）结束《生田春月全集》的编纂工作后，于1932年复刊，维持到翌年。这是第二期《诗与人生》。

《诗与人生》在今天日本国内也算是极为稀罕的刊物，公共图书馆或研究机构的收藏不齐全。幸好日本近代文学馆收藏1932年10月号以及可视为该期余波的11月号和1933年3月号（第6卷第3号），得以确认。

首先确认该刊物的体裁。据卷末版权栏记载，上面3册的编辑兼发行人均为生田花世（名义上，第5卷两册使用旧姓"西崎"）。印刷所均为"诗与人生社印刷部"，第5卷两册的"印刷者"（担当实际印刷工作的工房之经营者）是东京市浅草区神吉町41番地的金井春吉，第6卷变为东京市牛込区东五轩町54番地的田边重光。发行所是"诗与人生社"，社址在东京市牛込区天神町53番

[①] 关于《文艺通报》和《诗与人生》的出版情况，可参看曾根博义《生田春月与〈文艺通报〉〈诗与人生〉》（《日本古书通信》第67卷第9号（2002年9月15日）。

地，这地址其实是生田花世的个人住址。总发售是东京市日本桥区通二丁目五番地"大东馆"。书价是 30 钱一期[①]，半年以上的订户可以受到优惠。

版面大小是 32 开本（A5），各期总页数不一，1932 年 10 月号、11 月号及 1933 年 3 月号的页数各为 52、40、32。但是，1932 年 10 月号是介绍中国同时代文学的特辑专刊，特辑部分就有 22 页，那么这一期有 52 页之多可视为例外。

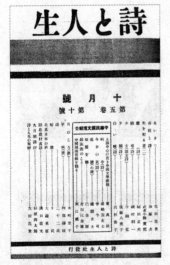 

《诗与人生》1932 年 10 月号（第 5 卷第 10 号）封面与版权页

---

① 1932 年当时，30 钱相当于东京出租车的起步费、牛肉 100 克的价格。

崔万秋在《东京交友记》中将该刊 1932 年 10 月号称为 "中国文学专号"，其实正式的名称是 "中华民国文坛绍介"。让我们打开这一期确认特辑的具体内容吧。

卷头有插图页两页，第一页（正面）有虞岫云单独的照片、崔万秋与李唯建、庐隐一家在杭州西泠印社闲泉拍摄的合影及洞庭湖和上海外滩的风景照。第二页（背面）是曾朴、巴金、王统照、曾虚白、曾今可、曾仲鸣等六名作家的肖像，其中只有巴金的肖像不是照片，使用 George Grosz 的画。

《诗与人生》1932 年 10 月号（第 5 卷第 10 号）插图页

接着是扉页，载有主编生田花世的卷头言。全文如下：

> 站在门口这边的人，向站在门口那边的人问早安。坐在一只船的人们从甲板上向驶过旁边的另外船只甲板上的人们，以其表情表示微笑的招呼。在此，日本《诗与人生》社的文艺活动向以上海为中心的新的中华民国人士之文艺活动表示由衷的亲切问候。／在"文艺"的名目下，我们在驶进同一条航线。我们以自己的笑来理解你们的笑，以自己的痛苦来理解你们的痛苦。我们都热爱这个人生，也热爱文艺。素来享有文艺的本源之称的诗歌，是令人振奋起来的力量。右手被砍断了，就用左手，被挖掉左眼，就用右眼。只要有如此活动力，只要存有一点视力，我们的活动就要我们强有力的生命……

刚刚经过1931年"九·一八"和1932年"一·二八"之后不久的国际政治环境，尤其是日益恶化的中日关系中，如此向正在交战的邻国之文学家们表明连带感，这还是需要勇气的行为。这并不是夸张的说法，因为看看下一期的《编辑后记》，我们就知道这一期《诗与人生》

竟然受到禁止发售处分。今天已无法知道到底这一期的哪个部分、什么内容抵触了体制权力和警方的禁忌。但是，鉴于当时极不自由的言论状况，我们不难想象，没有使用"支那"而使用"中华民国"，仅此一点就需要一定的勇气。

至于特辑的构成及内容如下：首先是崔万秋题为《以上海为中心的年青中国文学概观》的总论；其次是四篇翻译：（1）虞岫云的诗《病中》（崔译）；（2）曾今可《今年之花儿》《饯别之宴》及《别来》（这三首诗的译者为"曾崔之争"中成了问题的"中学教师"饭田雪雄）；（3）庐隐《危机》（不记译者名字）；（4）巴金《亚丽安娜》（崔译。该译没有全部登完，预告下一期以后也连载）。接着有两篇日本人的文章：（1）小说家片田江全雄（1891—1940）《关于郭沫若》；（2）广江晓子（此人情况不详）介绍1932年8月东京左翼剧场初演《中国湖南省》（久保荣原作）的《〈中国湖南省〉——观看左翼剧场》。特辑的末尾部分是崔万秋对于卷头插图页上诸人的解说。

关于以上翻译的水平及文章的内容如何，我在此不详论。本篇既然是关于巴金的连环式杂考，还是仅就与巴金有关的部分加以确认吧。在这个特辑专刊中，有两处说及巴金：一为崔万秋所撰总论《以上海为中心的年青中国文学概观》；一为卷末插图解说。

前者确认文学革命、文学研究会和创造社的成立等现代文学史经过后，将眼下上海文坛分为五个派别（即"文学研究派""新月派""民族主义派""左翼作家联盟派""超然派"），对属于各个派系的作家加以简单的说明，总的来说，不失为较妥当的概观和梳理。只有第五派别"超然派"的人选（周作人、曾朴、曾虚白、徐霞村、李青崖、傅彦长、曾仲鸣、方君璧、孙福熙、虞岫云、曾今可、谢冰莹）未免令人费解。在"曾崔之争"的过程中已明了，曾今可为这期特辑专刊帮助不少，多幅照片也是他提供给崔万秋的。而且，《诗与人生》与其说是大量、广泛流通的商业性刊物，不如说是自费出版的小规模同人刊物，撰稿人得负担一定的印刷费，而相信曾的说法，他确曾在这个方面帮助过崔。所有这些，或者是曾今可乐意做的一种"投资"，因为刊登自己的诗作、插图页上登载照片、被写成上海文坛上占到位置的超然派代表人物之一，甚至被写成堪与周作人比肩的重要作家，这些无论如何是非同小可的"厚遇"。而且《诗与人生》10月号和翌年3月号上，虽然是补白之类，竟然开辟了"上海新时代书局通信"一栏（日本的读者谁想了解如此情况？），而且后者的"通信"全部是自著《小鸟集》的宣传。可谓他所擅长的广告宣传能力在异域的刊物上也有过充分的发挥。顺便提示登载曾今可《两颗星》译文（崔万秋译）的1933年3月号及1932年10月号特辑专刊卷末崔撰插图说明之刊影如下：

受到如此"厚遇",曾也应该没有什么不满意,感谢崔的"捧场"才对。但世事真难料,尤其是人与人之间的关系是极为复杂的,如此密切联系的曾崔也居然会有交恶的一天。

话题似乎脱离了正轨,我们还是回到巴金吧。

在崔万秋的概观中,巴金被划到"左翼作家联盟派"中。崔的说明很简单,只是寥寥几句而已:

巴金(法国留学)代表作:《灭亡》《新生》《雾》《复仇》《光明》《雨》等。

插图的解说稍长一些:

> 巴金氏
>
> 长期留学法国。成名作是《灭亡》。勤于写作，各类作品颇不少。长篇有《灭亡》《死去的太阳》《激流》《新生》《雨》等；中篇有《雾》《沙丁》《春天里的秋天》等；短篇集有《复仇》《光明》《电椅》等。据说自己对《新生》最满意。

在此，我想介绍另外一个值得注目的情况。崔万秋快要归国之际还给日本刊物《Serpent》第 27 号（1933 年 5 月）寄过类似《以上海为中心的年青中国文学概观》的专稿《中国文坛的作家们》（刊物在崔归国之后出版）。相比之下，后者的内容比前者公允、客观得多，至少在那里被介绍的文学家确实是代表中国文坛的知名作家，没有《以上海为中心的年青中国文学概观》那样令人困惑的人选。

崔在《中国文坛的作家们》里面将巴金归到"《小说月报》周围的作家们"中去（如此分类，比将巴金归到"左联派"更近乎实情），而从另外一个角度对他加了几句类乎评价的解说：

> 巴金先生出生于四川，曾经长期留学过法国。他在文坛上的地位次于茅盾，素以多产闻

名。他的成名作是可称为革新前奏曲的长篇
《灭亡》。中篇小说《雾》以留日学生周如水为
主人公，痛快淋漓地描述了现代中国知识分子
的悲哀。该作中处处出现现代日本的生活情况
的描写。作者应该对于日本的情况不熟悉，所
以不敢断言，但是我们似乎可以由此窥见他对
于日本的某种憧憬。作中不少地方还说及林芙
美子《放浪记》，这是取材于我翻译的中文版。
他的作品多种多样，主要的作品有《死去的太
阳》（长篇）、《激流》（长篇）、《沙丁》（长篇）、
《海底梦》（中篇）、《春天里的秋天》（中篇）、
《复仇》（短篇集）、《光明》（短篇集）等。

崔万秋如上指点是否正确，我不置可否。我只想指
出一点：巴金在《爱情三部曲》之一中篇小说《雾》中
对于林芙美子（1903—1951）成名作《放浪记》（1930）
的言及基于崔译《放浪记》如此说法似乎不成立。其理
由：第一，《雾》的出版先于崔译《放浪记》的出版，
《雾》于1931年11月由上海新中国书局出版，崔译《放
浪记》于1932年1月作为"新时代文艺丛刊"之一由新
时代书局出版；第二，巴金在写给曾今可的附有1932年
9月4日日期的书信（即《北游通信》之一）里面写着
"林芙美子底《放浪记》还可以赐寄一册吗？可以时就请

寄到天津来",可见他在 1932 年 9 月阶段似乎还未看到崔译《放浪记》。

再去翻看《雾》,果然在第 4 章有关于《放浪记》的言及如下:

> ……引起她的注意的还是那位以《放浪记》出名的青年女作家。于是周如水又从箱子里取出那个女作家的半身照片给她看。同时周如水又简略地叙述从下女变成日本近代第一流女作家的她的放浪生活,又叙述他和她的会见,并且提起她在书中说过的"男人都不是好东西"的话。

原来《雾》中对于《放浪记》的言及只有这么一点,不参照译文也写得出来的简单几句而已。关于曾今可之爱出风头和上升志向,我已在前面有所指出,其实崔万秋亦在此一点上并不亚于曾,似乎不逊色。

重述一遍,《诗与人生》1932 年 10 月号或许可以给我们提供对于"曾崔之争"真相之究竟有所帮助的线索,但是我的兴趣并不在于此。关于这个问题,我只想提出一个推测/假设,即:曾今可有可能偶然看到《Serpent》第 27 号,而由于在那里发现不到自己的名字,就怀疑崔万秋故意将自己的名字从《中国文坛的作家们》排除掉。

《Serpent》是当年日本的一流文学家都发表文章的，代表昭和年代初期的商业性综合刊物[①]。与此不同，《诗与人生》只是一份自费出版的小小同人杂志。果然曾今可看到这一期《Serpent》，对自己在文坛上的地位及其形象那么在意的他绝不会保持心境的平静。"曾崔之争"之开端或许就在于此……这是我的假设。这究竟只是基于臆测的假设而已，但也是亲眼确认《诗与人生》《Serpent》两种刊物的实际内容，对此进行一番比较后才可以想到的、中国本土的论考无法提出来的假设，鉴于此，我敢记于此供大方参考。

崔万秋上面对于巴金的介绍与翻译，可以算是日本比较早期巴金的介绍及作品翻译（关于1931年12月最早的介绍，参看本书所收《日本最早的巴金作品翻译及介绍》），在巴金研究领域中自有其一定的历史意义和资料价值。但是我对于如此介绍与翻译之刊载于日本著名诗人生田春月的妻子生田花世所主持刊物上，更感兴趣。

生田春月，1892年生于鸟取县米子町已没落的酿酒家庭。因为家里贫穷，未能受到高等教育，再受到当时

[①] 《Serpent》，1931年（昭和6年）5月创刊。月刊。第123期后改名为《新文化》。1944年3月，随着出版社（第一书房）解散而停刊。创刊当初的内容以翻译、诗歌、小说等为主，1932年后加上时事评论、海外信息等内容，变为综合性杂志。"Serpent"，法语，意为"蛇"。

生田春月（1892—1930）　　　　生田花世（1888—1970）

风行的社会主义著作的影响，他就产生对于社会上不平等现象的强烈不满。他在著名文学家生田长江（1882—1936）的扶掖下崭露头角，其歌德、海涅等诗歌的翻译以及他自己的诗集《灵魂之秋》《感伤之春》等颇受读者欢迎，一跃而成为文坛的宠儿。他的思想素来带有较浓厚的社会主义色彩，但却苦恼于实现社会正义和理想的困难及自己的无力，逐渐倾向于虚无主义，甚至提倡"诗歌在本质上是无政府主义的"，私淑无政府主义者石川三四郎（1876—1956）。他由于私生活上的纠纷与思想上的矛盾，1930 年在濑户内海跳海自尽。

对于这个诗人，巴金有何了解，了解的程度又如何，因为目前资料缺乏，无法知道。巴金在 1936 年翻译了石川三四郎纪念生田春月的两篇文章^①，但是篇尾的译者附记尽谈石川，却不谈春月。其实，从以上所记简单的概括也容易想象得到，生田春月的苦恼在相当程度上与年青时代围绕巴金无政府主义理想的现实有效性而扮演的苦恼重叠在一起^②。当然这是偶然符合而已。但是，可谓生田春月的"遗产"之《诗与人生》上居然刊载了巴金的介绍与作品翻译，我不能不觉得，这或者是超越偶然以上的某种感应作用冥冥里邂逅所使然。

<hr>

① 《春月之死》《忆春月》。两篇同时刊载于《文季月刊》第1卷第3期（1936年8月）。后收在《梦与醉》（开明书店，1938年9月），现收在《巴金译文全集》第5卷（人民文学出版社，1997年6月）。

② 关于青年时代巴金的"苦恼"，我曾在《1920年代中国安那其主义运动与巴金》（《巴金论集》所收）一文中讨论过。

《巴金的世界——两个日本人论巴金》后记 ①

《巴金的世界》这部不成熟的小书之问世，完全出于中国社会科学院研究生院李存光先生的策划。我衷心敬佩的巴金研究前辈李先生，如果这部书竟受到浪费纸资源之讥，您也该负一部分责任！这部书到底对巴金研究有无意义，我不敢妄断，我却是更重视出书的个人意义的。

原来，我近年研究范围似乎更扩大了，巴金也只构成其一因素。今后我会不会写以巴金为专题的文章，目前说不定。所以，收在书中的几篇文章都是过去"如是我想"的痕迹。不过我珍爱它们，此珍爱里面也有多少

---

① 本篇最初收于山口守、坂井洋史合著《巴金的世界——两个日本人论巴金》（东方出版社，1996年1月）。交代定稿过程之前的部分，曾以《面对差异性——关于中日文学研究者进行学术对话的断想》的题目，单独发表于《文学评论》1996年第2期（1996年4月）。

自豪当年假设之一贯有效性的成分。例如巴金对"丰富生命的追求"，如果把它说为"脱却所有依附性的精神价值之追求"，那不正是我现在最关心的问题吗？如此承先启后的意义上，我就感到概括以往研究的必要。我当然万分感谢给我这个难得机会的李存光先生。

但是，在此我应该交代我的"转变"。

假如中日两国的中国现代文学研究者之间，居然能够成立学术研究各个层次"具有真正意义的对话"，那时我们国外的研究者应该具备怎样的意向来进行对话呢？此种近乎困惑的感觉近年来一直在我心中缠绕着。

我有这样一个朦胧的印象：就学术研究的主体意识方面而言，在中国，近十年来崭露头角而取得显著成绩的青年研究者，不管其研究对象是历史上的现象还是目前面对着的现实状况，都以极浓厚的关怀意识为其发言的出发点，一面确认自己与社会之间的斩不断的纽带（这里面多少带有某种"使命感"的成分），一面进行比较踏实的学术研究。在日本，1945年投降后不久开始研究的那一代中国研究者当中，曾经存在过支持他们研究强度的一种主观动机：对于侵略战争的反省和建设民主主义日本之前途的摸索。这"动机"在一定的程度上成为他们研究中国时起关键作用的一种思考规范、理论框架。在这种思考规范、理论框架中铸就的"中国像"，往往会蜕化为远离中国实际情况的"观念"，甚而变成阻碍研究者独立思考的"束缚"。他们观念中的"中国"，有时未免给他们带来一些弊端即过度的理想化。然而他们的议论无疑针对自己国内的情况，仅就一点而言，他们的论点与中国国内的议论有过相对沟通的"共时性"。

我也不能轻率地断言，关于中国，应该放在宏观的理论框架中加以考察的带有普遍性的"问题"已不复存在了。但是，就个人的感觉来说，我不能不承认，在中国青年研究者的当代意识方面，很难形成作为面临同一个问题之同时代人的共时性同情，进而与他们之间建立认同，更是极为困难的。这究竟是怎么回事？

这种情形并不直接意味着我们一代的研究者比前一代的研究者更冷静，具有视"中国"为科学研究的对象而加以真正意义上的"相对化"之优越资格。我们从外国文学研究者的立场研究中国，这是无须多说而自明的事实。但是（当然不能一概而论）我未免觉得：缺少推动研究的"动机"的我们一代研究者，有时候连这自明的事实都不能强烈地意识到，这奇怪的状态正是我们一代的主要特征。

的确，我们否定不了中国方面也存在过助长我们之糊涂的某些情况。例如，我们常常听到中国人研究者"恩赐"给日本的中国研究者的评价，诸如"重视资料""尊重历史事实"。但是，想一想，外国人研究者能够利用的"资料"毕竟是极有限的，依靠这些少量的资料进行研究，就历史的整体把握方面而言，歪曲"历史事实"的危险性只会增加而不会减少。再说，所有的"资料"一旦被发掘、公开，这个所谓"特征"的相当部分必然地失去其积极意义。我们要知道，这评价到底与我们的本质无关。我们也承认：在过去的一段时期，中国的研究者由于利用"资料"条件之不齐备，或由于某种顾虑，没有能够发出从心所欲的议论。同时，我们也不否定，外国人研究者从无顾虑的立场提出过较为合理的观点，或在发掘"资料"方面有过一定的贡献。在这个基础上建立的交流也可以成立，这也算是一种成果。但是我们应该记住，这只不过是过渡的现象。中国人研究者给我们的评价如"重视资料""尊重历史事实"等等，在本质上是针对自己所处的境遇而发的自嘲意识之反映。真是所谓"醉翁之意不在酒"。如果想把"具有真正意义的对话"建立在这种过渡的"平等"上面，那不是妄想是什么？表面上，到了我们一代，中日两国的学术交流呈现日益繁荣的可喜盛况。但是，我面对中国优秀的青年研究者时往往感觉到某种压迫感、隔膜感，这种感觉的重量迫使我诀别妄想里面苟且偷安的懒惰念头。

如果说，围绕文学本来具有之一些"普遍价值"进行的"对话"才算是"真正平等的对话"；如果说，达到

"普遍"的条件是对个别现象的透彻洞察与理解，那么，按道理，首先有资格跟中国的现代文学研究者进行"平等对话"的人，当然就是日本的日本现代文学研究者。这个很单纯的逻辑也具有一定的说服力，逼迫我们外国文学研究者将自己的立场更明确化。作为外国文学研究，我们的研究如果不甘于站在中国本土之研究的边缘这个地位，更进一步要求以"质"的差别来突出自我的研究个性，那么，我们应该有什么样的意向才好呢？当然，我们周围的环境和前一代不一样，我们没有他们那样强烈的研究"动机"或牢固的思考规范、理论框架。现在剩下来的只有貌似焦躁的贴身感觉罢了。想来，这好像是十足的悲剧。不过，尽管这么说，我们的出发点也就在这里。这是我们不能否定的"前提"。

那么我们面临对于人类有普遍意义的"问题"（如"触及灵魂的革命"一类的"问题"或现代、后现代一类变相的阶段发展论）时，才能共有同时代意识，一切隔膜就会消失，就此中日两国的研究者便可超越互相立场的差异实现平等对话吗？我们能以侥幸的心理等待这"问题"的来临吗？恐怕不那么简单。我认为，所谓"平等对话"的条件，不仅仅是同时代意识的共有、主体意识的沟通，而是对于两者之间沟不通的本质性差异的深刻认识。

说到中日两国研究者"两者之间沟不通的本质性差

异"，我在此指出的只有一点：我们自以为使用共通的概念对待同一个问题，这实际上是误会，尽管使用同一个话语，其内涵往往不一样。我们对于这"误会"应该有充分的认识，以免于误会上更加上一层误会。下面，举具体的例子。

过去有一段时期，中国现代文学研究领域提倡"流派研究"，继而产生了许多成绩。在以前的文学史里面，主要因为是"非主流"而没有受到应受的评价的作家、作品，通过"流派研究"，重新受到比较公平的评价，为今后的研究准备了初步的积累。我个人对于这些研究上的一大突破很敬佩，赞赏其研究史上的意义。但是，敬佩的同时，未免有一种不足之感：如果过去的文学史有不足之处，其不足不仅是关于"非主流作家、作品"的记述，还有其他。举具体的名字，在文学史里面怎样评价朱自清、闻一多、俞平伯等"诗人"？他们有一个共通点：他们刚开始其文学经历的时候，取得了颇有开拓性的成绩，但是，后来他们都放弃自己手里的笔，废止创作，沉潜于学术研究。这样的现象，不只在他们三个作家身上出现过，我认为，在五四以来的新文学史上不乏其例。当然，以前的文学史里面也能够发现他们的名字，但是那也不过是关于他们创作历史的极小一部分的记载。连他们的学术研究、促使他们放弃文学创作的某种"动力"等因素都放在视野里面而给予一定的评价的文学史，直到现在还没出现过。对于叶圣陶、夏丐尊、丰子恺等人物，如何作文学史上的评价？如果将他们放在现代思想史上，其位置可以说是教育救国、文化救国论的边缘（就立达学园、开明书店的活动而言）。某种意义上，他们形成了最像"流派"的"流派"。过去到底有没有人把他们写进"流派史"里面去？（"白马湖派"的提法依然不足）以前的文学史忽视的不只是个别的文学者。巴金、吴朗西等创办的文化生活出版社的活动，不仅在出版史里面占有一席之地，而且具有极重要的文学运动意义。其他如左联周围的小出版社、生活书店、良友图书公司等也有同样的文学史上的意义。但是，不待言，通常的文学史里面，我们很难找到关于这些出版活动的较有系统的记述。

文学史之所以呈现这种"倾向性"，当然不能全部归于文学史家头脑里面有深刻影响的"主流、非主流"观念。问题之所在，就是我们习以为常的"文学"一词的概念本身里面。就是，我们使用的"文学"概念究竟有多大的"幅度"这个问题。就上举三例来看，如果说不能把他（它）们认定为"文学家""文学流派""文学运动"，那是因为文学史家的观念里面就有"只有语言表现才算文学行为"一类的观念先入为主起作用，将史家的视野变为狭窄的缘故。依据这种文学观，作家搁笔以后的"沉默""转向作家"的苦恼等自然不能成为"文学"

范畴的问题。

日本现代文学史上，从自然主义作家、白桦派到私小说作家，在他们的观念里面，"文学"的含义不仅仅是"语言表现"。对他们来说，一个作家的"文学性"首先在"作家怎样认识文学"的认识方式或"作家怎样面对文学"的行为模式上表现出来的。这种文学观念里面最重要的因素不外是人生哲学、处世哲学一类思想。不用说，文学是人类的精神所产的。如果承认人类精神活动的多样性、复杂性，那么，我们也不能不承认，尽量运用语言表现的"饶舌"与怀疑甚至于否定语言功能的"沉默"都是人类精神外表化的不同方式，在这个意义上两者是相对地等价的。只看到"文学"的一种外在方式——语言表现而忽视其他"表现"之可能性，这种"文学观"恐怕不能避免"僵化"的弊端。

我并不是说，在文学观方面，日本的研究者比中国的研究者更富有宏观性，有条件获得更透彻的视点。我要强调的是：我们既然有与中国的文学传统不同的文学传统，那么，我们只有通过对自己民族文学传统的自觉对象化，才能明了地看到中国文学里面的（中国研究者往往觉察不到的）某种特征。这就是所谓"比较文学研究"所依据的原理。既然拥有不同的文化背景，我们对于自以为自明的概念也投射疑虑的目光，重新开始思考也不迟。这是一种灵活性的应用，又是谦虚的表现。一句话说，"对话"的前提就是围绕"文学"的诸概念之重新评定。下面，从别的角度来探讨中日两国"文学"概念之差异。

例如，作为社会存在的作家之社会性问题。我猜想，20 世纪中国作家（也可以说是知识分子）的心态里面，即使会突出被创造历史的主流异化的感觉而构成一种带有"悲剧"色彩的"自我怜悯感"，也绝不会发生干脆把自己与围绕自己的现实生活（往往是"社会"的同义词）之间的纽带切断而沉湎于"颓废"里自慰的事。"历史—异化／社会—连带"这个心理模式，恰巧与日本现代作家的心理模式构成很显著的对比。日本现代作家，尤其是自然主义作家和私小说作家主动地要求社会的排斥，以试图创造不灭的艺术，参加"历史的创造"。因为，他们心灵与现实社会（在他们的眼里显得多么庸俗！）之间发生的不调和，无疑证明着他们殉教者心灵的审美的纯洁之明证。因此，他们往往以一种宗教式的虔诚（其主要的特征是自虐心理）希求生活上的"颓废"（自然会受到社会的排斥），不厌烦地用细致的笔调写出自己的"苦难"（在第三者的眼里，只不过是婆婆妈妈的身边琐事）。

中国现代作家里面，郁达夫显然是在这些日本私小说作家的影响下开始其创作生涯的作家之一。不过，尽管他的私生活（还有一部分作品的风格）怎样带有类似日本"文士"的颓废，他也一摇身会变为热烈的普罗文学的拥护者。他所谓"颓废"的界限是显而易见的，是对于现实社会的强烈关怀不允许中国作家颓废下去……这并不是什么新鲜的观点，但是的确有一定的说服力。有的论者认为这种中国文学的"通俗性"，与传统文学观念里面的功利主义文学观之间存在着内在的继承关系。实际上，对于文学期待现实作用，这个观念会存在于作家思想的各个层次。上述日本现代作家里面的"颓废派"也把文学视作传达"价值"的一种"工具"，在这意义上，依然逃不了某种功利主义思维方式。这样想来，这种思维方式似乎不是只有中国作家具备的特征。关于这个问题，在此没有准备作进一步的研究。但是，我要强调：所谓"中国文学（作家）的特征（特殊性）"是一个由几种因素构成起来的不可分割的整体。上述"重视语言表现的文学观""浓厚的社会干预意识""功利主义的思维方式"等等是一个整体上各个层次的部分因素，这些因素互相关联起来构成"中国文学的特征"。如果断章取义，取出其中的某一部分加以过分地强调，那就是片面的理解，也可以说是一种误会。当然，对外国研究者来说，这首先是自戒。

通过上面的粗浅的思考，只有一点已经明了化了，即"谈何容易"。多么单纯，多么令人失望的"结论"。

但是，不管容易不容易，如果我们还要求"对话"，作为第一步准备工作，需要对于互相的立场（所有的意义上的"立场"）之差异的明确认识。围绕"普遍"的"对话"是以后的事。更具体地说，这个立场之差异也在我们无意识地使用的一些概念、术语上面有所反映。我们应该把这个"无意识"进一步自觉化。

我并不主张重新估价基本概念的工作和对于个别作家的基础研究（当然"资料"研究也包括在内）是应该逐阶段地解决的势不两立的工作。我却主张两种工作是可以并存的，甚至是应该同时进行的。将来，中日两国的研究者站在同一立足高度进行关于"普遍"问题的讨论时，如果没有踏实的事实基础，所有的议论很容易向既定的框架倾斜。这不外是理论上的"投降"。实际上，这投降也不无一定的魅力。正因为如此，我认为，作为阻止我们投靠这诱惑的机制，应该充分强调根基于"对人的关怀"的个别研究之作用。我身为外国人，没有经过一定的"手续"就不能跟中国人进行有水平的"对话"。那么，让我拥有不怕"手续"麻烦的勇气吧。

上面原系 1992 年在上海复旦园写的未刊旧作。想起来，那时我所谓"转变"已经萌芽起来了。一直到现在，我站在"中国"这个永远解读不了的文本前面踌躇着。

难道我已被"手续"之麻烦吓倒了吗？这个我倒不承认。那么，不管如何，我得硬着头皮探索"对话"的可能性。但愿这部书会成为"对话"的开端。

1995 年 2 月 19 日于东京聚粮山房

《巴金论集》后记 ①

首先说明一下本书的编辑体例。本书由三个部分而成：

第一辑收录以巴金为专题的研究论文九篇和随笔式短文一篇。因为《"巴金"缺席的文学史》《读巴金——"违背夙愿的批判者"的六十年》两篇都有宏观探讨问题的"总论"性质，所以放在卷首。以下各篇，以讨论的问题或文本所涉及年代的前后为序而排列。可以说，这部分就是我过去巴金研究的主要成绩。

第二辑收录以"巴金研究"为话题的文章：其中一部分谈我自己的研究，更多的是我今后对巴金研究界的期望和建议。头一篇《关于我的巴金研究》以前没有发表过（网页除外），在本书最初公开发表。

第三辑收录一些有关巴金的杂文、二组访谈录、一

---

① 本篇最初收在坂井洋史著《巴金论集》（"巴金研究丛书" 06，复旦大学出版社，2013 年 7 月）。

篇对谈录。《贯彻民间性的一生》《关于巴金写给〈陈范予日记〉的题字》两篇是巴金 2005 年逝世后不久写的悼念文章。最后一篇《与周立民对谈》是专为本书所举行对话的记录，这次是最初发表。

本书诸篇中，写作时间最早的一篇是《1920 年代中国无政府主义运动与巴金》。它原来是我的大学本科毕业论文，写于 1983 年；最新的一篇是《与周立民对谈》，举行对话的时间是 2010 年 1 月底春节前夕。其间阅时二十七年之久。想到这一层上，我当然不无感慨。因为这些是我在二十七年间写过的、多少与巴金有关的几乎所有文章，其数量之少、质量之低，实在令人汗颜。

我对自己巴金研究的看法和评估，在《关于我的巴金研究》中有较详细的交代，在此不赘述。的确，我无法否认我自己对巴金其人及其思想的看法，一直以 1983 年至 1985 年阶段（即撰写《1920 年代中国无政府主义运动与巴金》到《巴金与福建泉州》的时期）所设置假设为前提，之后基本上没有大的变化。"来迟了的第三代无政府主义者"此一身份界定、无政府主义运动在现实语境中的挫折和思想的内化之间的关系、克鲁泡特金和居友他们"伦理化"的生命哲学对巴金的影响和启示、从事教育活动的朋友们身上体现出来的"理想之光"和无政府主义再生的契机之发现……我的"假设"由这些我原创的概念和判断而构成。暂且不问自己的懒惰，我至今依然相信这个二十多年以前提出的假设之有效性。

当然，这二十多年来，围绕"巴金研究"的环境有了很大的变化。最大的变化，首先要屈指于《巴金全集》全二十六卷的编订和刊行。回顾一下我刚开始巴金研究的20世纪70年代末的情况，汇集作品的文本，当时只有一套十四卷本《巴金文集》（而且像我"后来者"能买到的是香港影印的"盗版"），其他参考资料也不多，进行实事求是的研究实属困难。现在我们终于拥有了可视为最可靠"依据"（也算是最起码的出发点）的"定本"，还有其他日记、书信、手稿等第一手资料也陆续公开于世，成为巴金研究不可忽视的基本资料。现在，更全面地理解巴金的思想及其文本的条件，似已齐备了。虽说如此，我认为至今似乎还没出现过能够颠覆我所设置假设的"反证"。

本来科学研究孜孜不倦地追求新的假设之提示，与此同时也追求假设之有效性，希望它能够成为范式即"常规科学 normal science"。提出假设之际，当然需要一番具有说服力的检验和论证，而论证有无说服力最终取决于假设能否给全部相关事实以合乎情理的解释。如我在《"巴金"缺席的文学史》中也论及过，"事实"本来可以是无限的、永远被"发现""开拓"下去的。因此，所有假设会经常面临由"事实"而来的严峻挑战：如果假设有弱点，那么，新的事实就不能在假设所设置框架中找到适当的位置，就是说它经不起事实的检验，不堪事实的一击；如果假设具有合理性，那么它不怕新事实的出现，新事实也可以在假设所设置的框架中找到自己的位置。在这个意义上，我似乎可以庆幸自己二十多年以前所提出假设具备一定的强度和灵活性，虽然我也不敢说它达到了"真金不怕火炼"的地步。

不用说，一个假设不是永久的，也不是万能的。如上所述，我自负自己所提出假设之有效性，同时也非常清楚地认识它并不覆盖关于巴金的一切，有局限。我也承认，其中最大的弱点是"文本的缺席"。我的假设能够解释的只是无政府主义对巴金的意义及其内涵的质变过程，充其量也不过是如此思想的质变与巴金的写作之间的互动关系而已。至于各个时期文本的审美特征、对于读者的影响、在整个中国现代文学史上的位置等等，都是与我所提出假设无关的问题。小心的读者一定可以发现，本书所收各篇的写作时间中明显存在着一个"断层"：写于 20 世纪 90 年代的文章很少。这个情况说明，我在 20 世纪 80 年代末就满足于自己所提出假设的有效性，轻率地以为"如此已经差不多"，没有强烈意识到假设中存在着的不足，没有继续开拓新的研究题目和领域。进入新世纪后，我逐渐觉察到如此态度不外是理性懒惰的表现。本来，能否从研究对象汲取"问题""意义"，主要依靠研究者的执着思考，而不是对象先验地给研究者决定的：乍看显得无聊的文本，也往往会成为很有意思的材料；被看作是已有定论的问题，从另外一个角度重新探讨，有时候也可以引出新鲜的结论（关于这个问题，本书所收《关于"后启蒙"时期现代文学研究的思考》一文中也有所涉及）。进行了一番反省所得来的结果，我又回到"巴金研究"的队伍中来了，虽然直到今天还没获得像样的成绩。《〈随想录〉和历史的记忆》是引进叙述学的观点解读《随想录》的尝试。《重读〈家〉》是注目于读者接受自传体文本的机制而探讨近代以来中国关于"人"的想象问题，都标志着我的巴金研究进入了新的阶段。我希望今后能够继续开拓新的"问题"，也希望有一天能够提出"新的假设"。

　　下面要交代一下本书所收各篇的修改情况。第一辑所收各篇，除了《"巴金"缺席的文学史》《重读〈家〉》《〈随想录〉和历史的记忆》三篇以外，都收在1996年问世的《巴金的世界——两个日本人论巴金》一书中，而其中一些文章，后来也发在网上。《巴金的世界》所收版本和网上发表的版本基本上一样。此次收录本书，算是第三次公开发表。我相信今后不会再利用旧作，所以此次是最后一次修改。鉴于如此"决心"，我对全篇施行了慎重且彻底的修改，特别是加注方面力求完备。有的篇章如《读巴金》等，最初发表时没有考虑到学术论文形式的规范，尽量不加烦琐的注释，现在依据《巴金全集》

重新施注，提供一些信息。当然内容方面不能妄加"事后聪明"的更正，修改基本上止于技术性的。至于《巴金与福建泉州》一篇，我认为其中间部分相当冗长的"考证"已经失去了资料价值，所以只留下涉及我的"假设"之部分，其余一律删节了。不管如何，既然是第三次"出嫁"，"化妆"也势必"厚"起来，虽然如何装饰也掩盖不了本身的"苍老"（读者注意：这个从 political correctness 的角度来说完全"不正确"的比喻，来自竹内好）。至少，我希望这次修改能够多少提高各篇的中文水平和"可读性"。

编完本书后，我的心情是够复杂的：我深深"悔其少作"的同时，依然不能扔掉"敝帚自珍"的自恋心态。本来，在白纸上涂鸦，竟然把它公开于世，这种行为总是离不开某种虚荣心理。我也承认自己确有如此倾向。因为"悔其少作"的缘故，能够彻底否定"敝帚"而不顾，如此"爽快"，当然不是庸碌如我之辈所能做到的。那么，还是让我天真地庆祝一下本书的出版吧。

本书之得以出版，完全出于周立民先生的主意和策划。他才算是名副其实的"巴金专家"，在他面前，我经常自惭形秽。因为有他不懈的鼓励（其实是"催稿"和"动员"），我才能脱离自以为是的理性懒惰状态，回到巴金研究的岗位上。这，应该感谢他。我还感谢他特地为本书做了一次长时间对谈并把它整理出来。还要感谢巴金研究会答应把本书列入该会的出版计划。

对于专为这本相当贫乏的书慷慨赐序的李存光先生，我想表示由衷的谢意。回想起来，我有幸认识李先生已有二十五年了，他是我见到的第一位中国学者。之后，这位巴金研究界的权威学者一直鼓励我、扶掖我（1996 年他还帮过我出一本《巴金的世界》）。至于他对巴金研究做出的巨大贡献，是大家公认的，用不着我来多言。我想强调的是他的为人处世值得学习。每次想到这一层上，我就想起我的老师伊藤虎丸先生经常提到的概念"道德脊梁（moral backbone）"。他确实不愧为新中国培养出来的优秀知识分子，虽然他的人生道路也不能说是一帆风顺的，据说也有过挫折和坎坷，但是他对人生那么乐观、对事业那么投入，其"道德脊梁"从来没有歪曲过。从他那里，我学到了很多东西。这应该说是真正的"学恩"。

感谢复旦大学出版社常务副总编辑孙晶女士和责任编辑杜怡顺先生。这是我在复旦大学出版社出的第二本书。老外的似通非通的中文，这次也肯定苦了他们，想到这层上，我心里着实不安。

最后，我想加一句话。如上所述，本书收录了我在1983 年至 2010 年之间所写有关巴金的几乎所有文章。人生几何，能有几个二十七年？二十七年，对于一个人的人生道路来说，确非短暂的时光。此间，我的老师们如丸山升老师、贾植芳老师、伊藤虎丸老师、丸尾常喜老师相继仙逝。光阴不待人。我慨叹"逝者如斯"的同时，不能不衷心感激他们的扶掖之恩。把这本相当贫乏的书献给他们，不知他们能否慷慨接纳？

2010 年 6 月 9 日

以上后记写于编完本书后不久，后来本书迟迟未见上梓之间，我又写了一篇《关于巴金与缪崇群的交往——一个初步的假设》（收在本书第三辑），该文于 2011 年 3 月定稿。如此，上面所说"本书收录了我在 1983 年至 2010 年之间所写有关巴金的几乎所有文章。人生几何，能有几个二十七年？二十七年，对于一个人的人生道路来说，确非短暂的时光"此一段话就有了更正的必要，"1983 年至 2010 年之间"应为"1983 年至 2011 年之间"，"二十七年"应为"二十八年"。再说，李存光先生根据我所提供的旧版本书稿而写序文，其中也有"二十七年"云云的话，亦为更改的对象。但是二十七年也好，二十八年也罢，原系个人无聊的感慨而已，无关重要，因此未施修改，依然保留原来的面貌，请读者贤察。还有一事要特别提起：在最后定稿的过程中，正在复旦大学留学的近藤光雄先生（日本一桥大学博士生）替我做了一番全面的校订，我对此表示由衷的谢意。

2012 年 10 月 13 日追记

后 记

　　本书收录的是 2013 年 7 月出版的《巴金论集》中未收诸文。其内容可分为三部分：第一，以"文学性"为概念，探讨阅读、叙述、作者主体性等理论问题的文章。其中两篇是巴金学术研讨会提交的论文，两篇是讲座、演讲的讲稿；第二，以稀见资料的介绍及考据为主，也思考这些资料在巴金研究领域中所占意义的文章；第三是序跋类文章。本书所收各篇按照以上三部分的基调之不同而排列。这些文章中，只有《杂考两则》是为本书新写的，其他文章都曾发表过。

　　光阴似箭，不觉之间过了知命，快到耳顺的年龄，我思考自己长期以来从事的所谓"文学研究"之意义及价值问题的时候愈加多起来。本书第一部分所收一些文章就是我对这种性质问题的初步思考的痕迹。我承认自己在那里所提出的见解有所重复，谈得云里雾里或啰里

啰唆，仍然停留在"初步"的水平上。这是我思维能力
之单薄所使然，无可奈何。虽然我深知自己心有余而力
不足，但这是一个文学研究者终于逃不开的命题，我将
继续思考下去。

相对而言，第二部分所收诸文可以说是比较轻松的
"小文章"。"轻松"不是说此类文章无足轻重，而是指我
写作时的情绪状态而言。如在《杂考两则》的前言部分
说过，"没有'小问题'的阐明，亦即没有事实的实证基
础，有关'大问题'的思考就不可能成立。轻视甚至无
视细节的思考往往很轻率地、无批判地去承认、袭用既
定的思考框架，充其量也只能引出大同小异的凡庸结论
而已。"我还是尊重"小文章"之价值和意义的。对于
一般读者，我希望这些文章能够提供阅读掌故小品的愉
悦；对于同行专家，希望这些芜杂的文章能够抛砖引玉，
提供进一步深入详实的考据之线索和切入口。其实，目
前我还掌握着一些材料，可以继续撰写此类文章。此次
由时间和篇幅的限制，只能到此为止。我想今后我也会
"轻松"地写下去。

至于收在第三部分的序跋，我无话可说，聊当个人
备忘和纪念而已。

很遗憾，几年来我在工作单位一直担任比较繁忙的
工作，缺乏静下心来思考的时间和心理余裕。讲座、演
讲、撰稿等，如果没有朋友们的热心扶掖，生性懒惰的

我不会鞭策自己——去做。此次编书也是。我非常感谢上海巴金故居常务副馆长周立民先生的提拔、支持和鼓励。没有他的帮助，我连这本小书都编不起来。还有，近年来巴金故居的各位工作人员对我的研究工作帮助很大，借此机会我要向他们表示由衷的谢意。同时，四川文艺出版社能给我这样的外国人一个出版中国文学专著的机会，我对此深表谢意。

2016 年 7 月 19 日
2018 年 11 月 19 日补记
坂井洋史在东京寓居